La Défense d'aimer

Amarante

Cette collection est consacrée aux textes de création littéraire contemporaine francophone.

Elle accueille les œuvres de fiction (romans et recueils de nouvelles) ainsi que des essais littéraires et quelques récits intimistes.

La liste des parutions, avec une courte présentation du contenu des ouvrages, peut être consultée sur le site www.editions-harmattan.fr

Domitille Marbeau Funck-Brentano

La Défense d'aimer

Roman

Préface de Jean-Claude Casadesus

© L'Harmattan, 2019
5-7, rue de l'Ecole-Polytechnique, 75005 Paris

http://www.editions-harmattan.fr

ISBN : 978-2-343-17461-7
EAN : 9782343174617

Préface

La musique peut éveiller en chacun de nous la résonnance de nos propres sentiments. Elle provoque des manifestations sensorielles et affectives, frissons, larmes, joie, bien-être, excitations, angoisse ou apaisement.

Il me semble parfois voir en elle les marques d'une transcendance divine, de certaines réponses métaphysiques.

Passionnant et poétique récit chargé de réminiscences, ce beau livre vibrant d'émotion restitue avec une intense lumière les chatoiements de l'univers des éternels amants de la musique.

Jean-Claude Casadesus

À la mémoire de Jean-Pierre A.

S'attacher à Wagner, cela se paie cher…

Frédéric Nietzsche
Le cas Wagner

Prélude I

Vendredi 18 août

Tout commence gare de l'Est.

UNE GARE ? Lieu de tous les imaginaires, avec ces passagers qui arrivent et partent vers des destinations inconnues.

J'aime le tourbillon furtif à la croisée des chemins, les regards jetés timidement quand les couples se séparent ou s'embrassent avec effusion, les porteurs affairés suivant avec les bagages, la stridence des sifflets quand s'ébranlent les locomotives. Ce voyage qui n'est pas commencé, je l'ai anticipé en pensée, kilomètre par kilomètre, nuit et jour depuis des semaines en accomplissant le rêve de mon enfance : Bayreuth !

Depuis mon plus jeune âge j'ai grandi dans l'amour de Wagner. Mes poupées s'appellent Brünnhilde, Freia, Woglinde et mon chat Siegmund. Je l'adore, ce chat, il est affectueux quand il vient le soir ronronner à mon oreille. Sa douceur est celle de mon grand-père quand je suis sur ses genoux et qu'il pose un 78 tours sur un vieux phonographe d'où retentissent les premières notes de *La Walkyrie*. C'est le moment où Sieglinde et Siegmund, découvrant qu'ils sont jumeaux, vivent une passion interdite.

J'ai quatre ans. Je ne sais pas que j'écoute du Wagner. Je ne peux saisir l'intensité du drame évoqué dans une langue inconnue. Je suis simplement subjuguée par la puissance du chant, si beau, si pur qu'il transporte dans un monde sans peur ni chagrin, sans tristesse et sans larmes. Ce monde emballe mon cœur au rythme du sien. Quand mon grand-père enlève ses mains de mes épaules, son sourire me permet de partager le souffle de son émotion. Cette émotion, je la retrouve dans le regard de ma mère quand je lui demande de chanter l'air de *La Chevauchée* des Walkyries. C'est ma manière à moi de l'attendrir pour me faire pardonner une bêtise. Je sais alors qu'elle n'aura plus envie de me gronder et qu'elle me prendra dans ses bras en me disant qu'elle m'aime.

À l'adolescence, Wagner est la cause de mes premières jalousies. Ma sœur de seize ans mon aînée, revenue du Festival de Bayreuth, me raconte ce qu'elle a vécu en découvrant la nouvelle mise en scène de Wieland, le petit-fils de Wagner : les mots *sublimes, fabuleux,* elle les répète inlassablement. Sa volubilité me laisse entendre que ce voyage est unique, que je suis trop jeune et sûrement trop inculte pour comprendre et que je dois encore attendre très longtemps pour être autorisée à ressentir la même exaltation. Ses propos me blessent : elle ignore que cette exaltation, je l'ai éprouvée bien avant elle en écoutant Wagner sur les genoux de notre grand-père. Je n'en veux pas à ma sœur, elle ne cherche pas à me peiner. Depuis le décès de notre mère elle joue un rôle d'éducatrice en utilisant la frustration afin que je me surpasse sans cesse.

Cette frustration n'est pas sans effet. Après mes études je n'ai qu'un souhait : m'impliquer dans la musique. Bientôt j'ai l'opportunité d'entrer au ministère de la Culture : Pierre Boulez vient de confier à Patrice Chéreau la mise en scène du *Ring* pour le centenaire de sa création à Bayreuth. C'est un réel défi pour ce lieu sacré où règne le conservatisme. Quand j'apprends que je peux obtenir des billets, un sentiment ambigu me traverse, fait d'inquiétude et de joie. Le nombre de places disponibles est limité. Je me sens subitement coupable d'être destinataire d'un tel privilège – certains, attendent des années avant de pouvoir en bénéficier – Je ne les prends pas, je les arrache... Je les cache dans ma poche comme si je les avais volés.

Très vite je suis confrontée à un autre dilemme : où les dissimuler ? Les mettre dans mon portefeuille ? Ils risquent d'être dérobés. Dans le tiroir de mon bureau ? Il ne ferme pas à clé. Je pense à les glisser sous mon oreiller mais je trouve cette idée ridicule. Elle me rappelle les albums de mon enfance avec lesquels je dormais après les avoir reçus à Noël. Leur chercher une autre place... Laquelle ? Aucun endroit ne trouve grâce à mes yeux. Ces billets me brûlent les doigts, je les vénère... Je les déteste. Cette crainte de les perdre est plus forte que le bonheur de les posséder. Ils deviennent encombrants, je dois m'en séparer avant de les reprendre au moment venu. Finalement je déniche une cachette appropriée et, enfin libérée de les savoir en sécurité, je peux me laisser emporter par la joie de ce voyage.

La veille du départ, quand il faut mettre la main dessus, je suis incapable de me souvenir où je les ai rangés. Si quelqu'un était entré chez moi ce jour-là, il aurait pu croire que j'avais été victime d'un cambriolage. La maison est sens dessus dessous. J'ai beau les chercher, aucune trace. Je n'y crois plus quand le hasard me pousse à ouvrir le réfrigérateur où je découvre, sous la boîte à œufs, les deux sésames soigneusement dissimulés un mois plus tôt.

Et maintenant…

En ce mois d'août 1978, il règne sur le quai une agitation joyeuse. C'est la fin du jour, la chaleur commence à nous envelopper d'une légère douceur, l'air respire le parfum des vacances. Je tiens ma réservation serrée entre mes doigts comme si j'avais peur de la laisser tomber, peur de me tromper de wagon ou de rater le train. Se presse dans ma tête une foule d'images que je n'arrive pas à ordonner. Je songe à mon grand-père qui n'est plus là pour partager ma joie. Il est mort depuis longtemps. C'est lui qui m'a éveillée à la musique en me faisant le plus précieux des cadeaux dont je comprends aujourd'hui le sens : associer la beauté d'un son à l'amour de celui qui vous le fait découvrir. Puis je réfléchis à la femme, à la mère que je suis devenue. Je pense à ma fille, à l'âge que j'avais quand mon grand-père développa chez moi l'amour de la musique. Saurai-je lui transmettre cet accès au paradis qui apaise tous les maux, fête promise qui exclut la solitude : une sonate est un langage qui se suffit à lui-même. Pour l'instant, c'est justement la musique qui me sépare d'elle. Chaque fois que je dois la quitter pour aller au concert, elle vit cela comme un abandon. Elle ne peut comprendre que mes absences sont dues à mon métier. Et maintenant je suis partie pour huit jours. Ses reproches me sont insupportables. Je les trouve injustes et je lui en veux. Mon remords vis-à-vis d'elle serait-il le prix à payer pour avoir le droit d'être heureuse ?

J'ai trente ans et déjà une mémoire qui me permet de me sentir forte. J'ai surmonté la perte d'êtres proches tous partis beaucoup trop tôt et connu une révolte suivie d'une pulsion de dévorer la vie. Mariée à vingt-trois ans, j'ai rompu peu de temps après la naissance de ma fille des liens qui m'étouffaient. Je me suis jurée de ne plus jamais connaître les affres d'une séparation. Je pense être capable de maîtriser mes sentiments, de ne plus me laisser envoûter par l'élégance des mots prononcés par ceux dont j'admire l'esprit.

Comme tout paraît simple !

Il suffit d'aller à la gare, de se diriger vers les guichets internationaux et de réclamer un aller pour Heidelberg, première étape du voyage à Bayreuth.

Le train est là, impossible. Il attend depuis toujours pour me conduire, avec la précision d'une horloge, vers les rives du Neckar dont la résonance prend la saveur des fleurs.

En montant dans le wagon, j'ai l'impression de laisser un peu de moi-même : un travail qui me passionne, une enfant que j'élève seule et que j'adore. Emportée par le bourdonnement des voyageurs et de leurs valises qui s'entrechoquent sur le quai, je me prépare à m'ouvrir au monde que j'aime par-dessus tout : celui où seule la musique a droit de cité.

Je me lève pour regarder par la vitre du couloir. C'est un papillonnement de voyageurs qui cherchent le numéro de leur wagon. Certains, tout essoufflés, trébuchent sur des valises ; d'autres, par des adieux interminables risquent de voir s'échapper le train. Je commence à quitter ce qui m'attache à Paris. Je suis libre, sans entrave, sans obligation, sans enfant. Je suis encore suffisamment jeune pour garder cette insolence qui laisse croire que tout est possible…

Les feux de la gare répandent une lumière diffuse sur le train qui s'ébranle. Une secousse, un frémissement, la fenêtre du couloir ouverte laisse passer un air humide qui s'engouffre dans mes poumons. Je regarde Paris disparaître avec une certaine gourmandise, comme s'il laissait la place à tous les étonnements mais ce que j'ignore, ce sont les surprises que me prépare ce voyage. On croit en connaître la finalité, l'histoire qu'il me réserve est autre.

Je vois les aiguilles de l'horloge peu à peu s'estomper, je les ai remplacées par celles du temps. Les minutes sont légères, elles épousent les battements de mon cœur. Allongée sur ma couchette, je m'abandonne à la route, bercée par le bruissement des roues, interdisant toute pensée cohérente. Le temps s'écoule. Silencieux, sans limites.

Et pourtant…

Un malaise m'envahit au moment où je déplie la housse posée sur la couchette supérieure : je me trouve dans un train qui roule vers l'Est, sur ces mêmes voies, où trente-cinq ans plus tôt, des wagons entiers ont conduit des hommes, des femmes et des enfants vers *la nuit vêtue de deuil*. Quand j'entends la langue allemande à la frontière, cette langue de mes ancêtres dont j'aime tellement la couleur et la sonorité, je suis en pleine contradiction. Ma famille n'a pas souhaité que je commence à l'apprendre au lycée : elle leur rappelle l'Occupation que je n'ai pas connue. Mais pour moi cette langue est celle des romantiques que j'ai tant aimés à l'adolescence. Puis-je éprouver du bonheur en pénétrant pour la première fois dans ce pays, témoin de tant d'atrocités mais aussi berceau de multiples génies : Novalis, Jean-Paul, Kleist, Hölderlin, Beethoven ? Ne suis-je pas l'arrière-petite-nièce de Bettina von Arnim dont j'ai lu la correspondance avec Goethe, et de son frère Clemens Brentano dont le poème s'impose encore plus fort à moi ?

« Wenn die Sonne weggegangen kommt die Dunkelheit heran, Abendrot hat goldne Wangen, und die Nacht hat Trauer an. »	Le soleil, quand il n'est plus là l'ombre s'en vient, la nuit s'en vient Ô joues vermeilles du couchant Ô nuit vêtue de deuil ! »

Je ressens une certaine fierté d'avoir parmi mes ancêtres un grand poète allemand mais, simultanément, je suis prise d'un terrible malaise en pensant que ma famille a échappé à la rafle du Vel' d'Hiv du seul fait de ne pas être juive.

Prélude II

Samedi 19 août

J'ARRIVE À HEIDELBERG. Me hante la pensée de mon grand-père. C'est lui seul qui pourrait serrer mes doigts d'une étreinte invisible. Je revois ses mains qu'il soignait avec précaution en utilisant un nécessaire à ongles dont les manches en ivoire me fascinaient. J'aime les mains, que ce soit celles des pianistes, des sculpteurs ou des écrivains, ces mains qui font éclore des chefs-d'œuvre. Mon grand-père était accoucheur des hôpitaux : ses mains accueillaient la vie et ma mère me parlait de son émerveillement toujours renouvelé à l'écoute du premier cri, joie miraculeuse devant ce souffle porteur de promesses.

Je quitte la gare et monte à pied au château avant de suivre une magnifique allée ombragée où quelques volatiles s'ébouriffent dans les flaques laissées par l'orage. Lorsque j'atteins la direction indiquée par la flèche *nach dem Schloß*, je reste un moment immobile, une nouvelle fois envahie par le romantisme de mes racines. Ma mère aimait évoquer sa filiation avec Clemens et Bettina dont elle partageait le goût pour les promenades nocturnes. Elle composait en rêve des vers et des poèmes qu'elle me lisait parfois. Elle me disait qu'il existait pour elle comme pour son aïeule une grande différence en ce que l'esprit vous inspire dans le sommeil et ce que l'on conserve une fois éveillée. Je réalise alors que c'est devant ce paysage que Marianne von Willemer et Goethe, de trente ans son aîné, ont écrit le poème *Suleika*. J'ai moi aussi goûté ce chant d'amour en étant la muse d'un poète qui avait l'âge de mon père. Puis j'ai connu l'amertume des adieux et cette rupture résonne ici avec une musicalité désespérante.

Il est trop tôt pour visiter le château. J'apprécie la solitude dans le matin naissant. Je m'arrête sous le porche à ogives et me penche sur un puits à demi comblé, cherchant à percer ce que pouvaient dissimuler les feuillages. Il fait encore froid malgré la promesse d'août. Je savoure un de ces moments privilégiés où je peux mesurer l'étendue de ma liberté.

Ce n'est guère possible à Paris. Je suis une femme à trois visages dont aucun ne communique avec l'autre : il y a la femme professionnelle, comblée par l'activité culturelle qu'elle exerce ; la mère divorcée qui tente de répondre le mieux possible aux attentes de sa fille ; la femme secrète qui s'autorise des aventures fugaces qu'elle doit inclure dans son emploi du temps. Personne ne connaît ces trois facettes de ma personnalité : en ne montrant qu'une de ces parcelles, je présente à chaque interlocuteur l'image qu'il attend de moi. Cette fragmentation me donne, la plupart du temps, l'impression de tenir une position dominante dans chacune de mes relations, même s'il m'arrive parfois de la vivre comme une contrainte. Car être libre, c'est la possibilité d'offrir au moins à une seule et même personne les trois visages qui sont les miens. Ne plus jouer un rôle convenu : arriver au bureau sans avoir l'obligation de sourire ; passer pour une mauvaise mère tout en aimant passionnément son enfant ; se rendre à un rendez-vous amoureux sans même utiliser d'artifices pour masquer une éventuelle fatigue.

Il est des villes dont la seule évocation opère sur moi un charme irrésistible. Pour certaines, c'est facile à comprendre : Rome, Prague, Munich, Dubrovnik, Amsterdam, Venise, Jérusalem. Pour d'autres, l'harmonie de leur nom ajoute une magie supplémentaire faite de spiritualité orientale si je pense à Césarée, ou de romantisme quasi mystique pour Vérone, Bruges, Vianden… Heidelberg.

Dans la lumière naissante, je contemple le Neckar enroulé comme un grand serpent noir. Devant le Marché aux grains je dois retrouver Karl, un ami allemand qui va me conduire à Bernerhof, petit bourg situé à vingt-cinq kilomètres de Bayreuth. Il m'a réservé une chambre à la pension Daünner en échange du second billet dont je dispose. Je ne suis pas proche de lui, nous nous sommes connus lors de mes études et nous avons gardé le contact. Cela me convient d'être seule à Bayreuth, personne ne doit s'immiscer dans le dialogue que je souhaite poursuivre avec mon grand-père. Je le vis comme un rendez-vous que je ne voudrais pas manquer. Lui qui aimait tant me faire écouter des enregistrements du Festival de Bayreuth d'avant-guerre m'aurait serré dans ses bras avec le même amour qu'il me portait enfant. Je revois sa collection qu'il chérissait plus que tout, chaque disque portait en son centre la célèbre étiquette du fox-terrier assis devant un gramophone. J'imagine son émotion, j'entends la musique de Wagner dans le lieu-même où elle a pris naissance, lui qui n'y est jamais allé. C'est moi qui voyage aujourd'hui à sa place, mais il est avec moi. Je prends conscience du trésor qu'il m'a transmis : c'est lui qui m'a permis de faire la différence entre écouter et entendre, saisir la relation entre le son qui naît et celui qui s'évapore dans le silence. Je vis avec la musique depuis toutes ces années, elle transforme son absence en une forme de plénitude où chaque son devient une parcelle de sa mémoire.

En arrivant dans la vallée de la Pegnitz, après avoir traversé les villes de Kulmbach et Turnaü, Karl me désigne le panneau qui porte le nom de la ville tant désirée : Bayreuth. La ville est là, devant moi, écrite en toutes lettres, cette ville mythique où des pèlerins, animés par le même culte porté à Wagner, ont accouru de tous les pays du monde depuis maintenant cent ans. Je réalise mon rêve : marcher sur les pas de tant de compositeurs et artistes présents à l'ouverture du Théâtre des Fêtes, sentir comme eux mon cœur éclater en approchant du terme, imaginer leurs calèches avec les hommes en habits noirs et chapeaux haut de forme, vivre leurs états d'âme s'accordant à ce que nous allons écouter, partager cette histoire que nous continuons d'écrire malgré les guerres, les bombes et l'ombre difficile du Führer...

À son retour de Bayreuth ma sœur m'avait emmenée au Louvre voir le pastel de Fantin-Latour *L'Or du Rhin ou souvenir de Bayreuth*. Elle voulait me montrer que les artistes de l'époque avaient comme elle reçu un choc au Festival. J'étais loin d'imaginer à ce moment-là pouvoir entendre le chant des Filles du Rhin sur la scène où elles avaient été peintes.

À moi de connaître maintenant cet éblouissement dont on m'a tant vanté les mérites. Ce voyage, je le vois comme un pèlerinage au cœur de la mémoire. Je l'accomplis pour mon grand-père, avec gratitude. Je me sens redevable de cette passion de la musique dont il m'a bercée. Aujourd'hui, qu'en ai-je fait ? Je ne suis ni concertiste, ni cantatrice. J'ai seulement le bonheur d'exercer une profession qui touche au monde de la musique. Je reçois les artistes et je monte avec eux des dossiers qui leur permettent de bénéficier d'aides de l'État. Cette fonction n'a rien de créatif. Elle ne laissera aucune mémoire dans l'Histoire.

Plongée dans ces pensées, je suis dans l'incapacité d'échanger une parole avec Karl. Sa présence devient embarrassante. En quittant la voiture, je mets des lunettes noires et poursuis à ses côtés une marche au cœur de la ville.

Impossible d'ignorer où l'on se trouve quand on lit sur les murs le nom des rues : Richard Wagner Straβe, Nibelungen Straβe, on se croit déjà sur le plateau d'un théâtre. Nous sommes au début de l'après-midi, avant la représentation de *L'Or du Rhin*. Mais c'est un choc quand je découvre le petit Opéra margravial de Bayreuth. Ce chef-d'œuvre de l'architecture théâtrale baroque, construit au dix-huitième siècle à la demande de la margravine Wilhemine à l'occasion du mariage de sa fille, est le seul exemple entièrement conservé de l'opéra de cour. Sa structure en forme de cloche avec des Loges sur trois étages marie le bois et des peintures de l'époque. Tout est à la fois réel et irréel : anges et putti (figures peintes d'enfants nus, joufflus et moqueurs symbolisant l'amour dans les édifices inspirés du baroque italien) planent dans l'air. Fulgurance de la beauté ! Je suis immédiatement éblouie comme jadis en écoutant Wagner. Cependant, ce n'est pas la même chose. Je ne suis plus une petite fille dont l'enfance, belle à pleurer, est une fête pour la mémoire mais une femme de trente ans déjà façonnée par l'action silencieuse des années. Cette jubilation, j'en mesure le prix, comme à chaque découverte. Cette première fois contient cette part d'exceptionnel dont je mesure alors la délicieuse violence.

Il me semble qu'ici la magie découle uniquement de la vision. Pour la prolonger, j'épelle le nom de ce théâtre : M.A.R.G.R.A.V.E.S : M comme Mirage, M comme Mi bémol Majeur, M comme aiMer : Bayreuth m'appartient.

Entre les dorures et les trompettes je crois percevoir un cri. Au-dessus de ma tête, les balcons immenses en bois sculpté surplombés des peintures d'Apollon et des neuf muses, me donnent le vertige. Je regarde la scène bordée de rideaux bleu vif, éclatants de dorure. Puis l'atmosphère devient soudain brûlante, de cette chaleur qui précède la séduction. J'ai envie de toucher le bois, de m'allonger sur la scène et deviner la musique qu'on aurait pu y jouer ; elle éclaterait comme déjà un siècle plus tôt quand, pour son cinquante-neuvième anniversaire, Wagner dirigea dans ce même lieu *la Neuvième Symphonie*. Je pense alors en regardant ce décor à toutes les vies qui ont traversé ce lieu, à mes ancêtres allemands dont j'ignore pour certains le parcours. Ils m'ont transmis une attirance pour les contes fantastiques où le poète se plaît à des impressions de rêve et recherche des paysages d'automne à la tombée de la nuit, toujours baignés par la lune. J'aime dans mes lectures m'enivrer de sensualité, m'enfoncer dans d'inextricables aventures, me permettre ce que ma raison me refuse souvent de vivre. J'imagine la scène visitée par des personnages déclamant des textes que j'aurais voulu écrire. C'est quand je sors ainsi de moi-même que je me sens la plus vraie.

Karl m'arrache à mes songes, il doit m'accompagner à la pension Daünner. C'est une auberge familiale avec un jardinet fleuri clos par un portail en bois dont la porte ferme à clé dès que tombe le soir. Cet endroit modeste et proche de la forêt est éloigné de la route. Le calme absolu, rompu seulement par le chant des oiseaux, me place dans un temps appartenant à celui des immortels pour effectuer enfin seule une immobile traversée. Le jour baisse, les nuages glissent au-dessus du gîte, c'est l'annonce d'une nuit qui efface de ma pensée ce qui pourrait encore m'éloigner de Bayreuth. Seul un pan de lumière s'introduit par la porte ouverte de ma chambre. Il fait sortir de l'ombre les aiguilles des pins qui se balancent au rythme de mon souffle. J'aime ce silence annonciateur de journées inconnues. J'ai du mal à dormir.

Trois heures du matin : une pluie fine dessine sur ma fenêtre de drôles de personnages que j'observe sans vraiment leur donner de contours. Demain, non, c'est déjà aujourd'hui, j'assisterai à *L'Or du Rhin*. Cette perspective me remplit d'une torpeur délicieuse : mes paupières tombent, elles recouvrent mes yeux d'un rideau de théâtre.

Lento misterioso

Dimanche 20 août

L E CHEMIN QUI MONTE au Festspiel Haus me rappelle les calvaires bretons de mon enfance : il y manque l'océan, mais les forêts allemandes bougent comme les mers du Nord. Les arbres ondulent comme des vagues. Leur saveur m'éclabousse.

La première rencontre que je fais en ce dimanche d'août est celle d'Édith, une journaliste dont les yeux semblent avoir été volés aux anges du Théâtre des Margraves. Ils sont bleus comme la surface du Neckar quand le soleil est à son zénith. Elle vient vers moi et m'embrasse. C'est la coutume dans ce milieu artistique. Elle est accompagnée de son mari et moi de Karl que j'ai retrouvé avant la représentation.

Nous sommes tous dans l'attente car nous savons que nous allons entrer, et ce pour une semaine, dans un monde qui exclut tous les autres. Ce phénomène est unique ! Il ne s'applique qu'au *Ring* dont la durée, répartie sur quatre jours en un Prologue et trois Journées – avec une interruption entre *La Walkyrie* et *Siegfried* et une autre entre *Siegfried* et *Le Crépuscule des dieux* – varie de quatorze à seize heures. Il faut y ajouter les entractes, ce qui amène le spectateur à rester chaque jour sur place près de six heures.

Après le décor baroque du petit opéra margravial qui m'a tant impressionnée, j'éprouve une certaine déception en pénétrant dans le Festspiel Haus. Je ne trouve rien d'exceptionnel à l'immense construction en briques rouges où n'existent ni tapis, velours ou décoration. C'est que l'œil ne doit jamais ici être perturbé par quoi que ce soit. Aucun foyer n'est prévu pour le public qui se retrouve à l'air libre quand il fait beau, ce qui est heureusement le cas aux mois de juillet et d'août. L'acoustique comme l'aération y sont parfaites, et le plus surprenant, pour les néophytes, est de constater que l'orchestre est rendu invisible au moyen d'un double écran qui le recouvre en partie : espace ou *abîme mystique*, nom donné à cette sorte de cave d'où éclatent les sons qui porteront, dans un même élan, chanteurs et public mystérieusement enchevêtrés hors du temps.

Quelle surprise de découvrir la particularité du public de Bayreuth… ! Très vite, j'identifie les habitués qui occupent systématiquement les mêmes places d'orchestre. Encore faut-il faire des différences parmi ces habitués : les mélomanes amoureux de la mélodie infinie de la composition wagnérienne et les journalistes dont certains usent de leur plume pour critiquer tel chanteur ou telle mise en scène. Ils ne s'en privèrent pas lors de la production du centenaire qui causa le soir de la première l'un des plus grands scandales de l'histoire du Festival.

Puis il y a ceux qui viennent pour la première fois : certains le font soit pour se montrer – il est de bon ton dans un certain milieu de dire qu'on est allé à Bayreuth – soit parce qu'ils ont réussi, après des années de patience, à se procurer ces fameuses places que certains ne peuvent obtenir qu'en les achetant au marché noir. Mais je ne croiserai pas durant *le Ring* ceux qui sont uniquement sensibles au mysticisme de Wagner. Ceux-là n'assistent qu'aux représentations de *Lohengrin* ou de *Parsifal*, voire de *Tristan*.

Ici, le temps s'arrête pour tout le monde. Tout est codifié selon un rituel que l'on s'approprie facilement.

Il y a ceux qui s'isolent religieusement pour relire le livret qu'ils entendront le soir, sachant qu'aucun surtitrage ne leur permettra de saisir ce qui se dit sur scène. Pour ma part, j'accepte de ne pas tout comprendre, je préfère me laisser emporter par l'inflexion des voix et des gestes pour m'immerger dans la musique.

Il y a ceux qui s'agitent avec plus ou moins d'excitation. Ils tentent de retrouver une connaissance ou d'échanger avec leur voisin devenu immédiatement familier. Leur présence en ce lieu unique les classe parmi les élus. Dès le début de la représentation, ils attendent pour s'asseoir que les derniers arrivants aient rejoint leur place afin d'éviter les grincements des sièges qui se relèvent comme un strapontin, et, phénomène unique au Festival de Bayreuth, rare est d'entendre une toux venir troubler le silence entre les scènes !

La représentation de *L'Or du Rhin* commence à dix-huit heures et dure cent quarante-deux minutes sans entracte. C'est le Prologue des trois Journées qui vont suivre. L'obscurité gagne lentement le théâtre. Je me sens un peu perdue au milieu du public formé en majeure partie d'habitués. Peu à peu je me fonds dans la salle. Je ferme les yeux. Il me faut entrer dans le silence avant le silence qui précède ce Mi bémol Majeur, immobile, infini, inoubliable, semblable à l'eau qui ne cesse de couler, évoquant le chaos du monde avant la création. Puis le rideau se lève, les accords jaillissent de plus en plus fort jusqu'au moment où ils sont brisés par le premier chant de Woglinde, la fille du Rhin.

C'est à ce moment-là que je rouvre les yeux : le drame qui se joue sur scène commence par une fascination, celle de l'Or. Cette fascination, nous la connaissons depuis des lustres. Elle correspond tant à sa beauté qu'à la richesse donnée par sa possession. Mais ici, chez Wagner, l'Or n'est pas qu'un joyau enfoui dans les abîmes aquatiques ; il est doté d'un pouvoir efficace à l'unique condition pour celui qui le détient de renoncer à l'amour. Il ressemble pour moi à la pomme du Jardin d'Éden que l'on a envie de détenir sans en mesurer l'enjeu. L'Or me retient entre les eaux, les nuages et la forge souterraine. Sur la scène, les corps chantent. J'aperçois le dieu du Feu Loge, je souris à Erda, la mère éternelle surgie des profondeurs du sommeil, je reconnais les leitmotive, ces thèmes-clés répétés au fil de l'œuvre qui m'obsèdent et m'isolent avec les autres de tout ce qui n'est pas *le Ring*. Je suis frappée au cœur et balance ma tête de droite à gauche, hypnotisée par les sons qui émanent de la fosse. Je ne contrôle plus mon corps.

À Bayreuth je ne suis plus seulement spectatrice, je fais partie du drame qui s'offre à moi, c'est une sensation nouvelle. Ma première réaction me conduit à résister à l'emprise inconditionnelle que Wagner commence à exercer sur moi, véritable griserie quand on se sent capable d'incarner chaque rôle, de terminer toutes les répliques comme si elles émergeaient du plus profond de soi-même.

J'ai pu assister à des représentations de *la Tétralogie* à Paris et à la Scala. Je n'ai jamais ressenti un bouleversement semblable. Peut-être parce que les quatre représentations ne se donnent pas de façon consécutive, peut-être parce que l'ombre de l'Histoire n'a pas imprégné les lieux. Il me semble que les murs ont une mémoire qui chuchote à mon insu.

Retrouvant l'air libre, j'avance, telle une somnambule. La nuit qui commence à tomber donne aux visages une mystérieuse apparence. Je regarde Édith, sa chevelure rousse éparpillée sur ses épaules a perdu la sagesse qu'elle avait à l'entrée. La lumière tamisée donne à son décolleté une étrangeté nouvelle, la faisant ressembler à Woglinde, l'une des trois Filles du Rhin. Elle en a pris la démarche ondulante quand elle rehausse sa jupe écarlate pour ne pas tomber sur les allées du jardin. Elle ne marche pas en quittant le théâtre des Fêtes. Elle flotte. C'est étonnant de lire sur les visages connus ou inconnus la métamorphose engendrée par le déroulement du drame. Suis-je en train de projeter sur eux ma propre transformation ? Rien ne semble relever du hasard : entre les smokings blancs et les robes du soir, je crois reconnaître en chaque spectateur un des personnages que j'ai vu sur la scène. Chaque femme au décolleté plongeant devient une Fille du Rhin, tout homme à l'épaisse chevelure ressemble à Wotan et je vois un Alberich dès qu'un spectateur offre à ma vue un ventre généreux.

De retour à la pension, je sors le livret de *La Walkyrie*, mais je ne l'ouvre pas. Je me sens envoûtée par quelque chose qui m'échappe. Je n'ai parlé à personne après le spectacle. Aucun mot n'aurait pu exprimer ce que je ressentais. Toute sensation de faim ou de sommeil a disparu. Je reste allongée, les yeux fixés sur le bleu froid du ciel.

LARGHETTO

Lundi 21 août

L E LENDEMAIN MATIN, devant le Théâtre des Fêtes, j'attends l'appel des Fanfares. Il sonne à seize heures sur le balcon de l'étage supérieur. Les habitués reconnaissent le thème éclatant de l'Épée composé de sept notes trois fois répétées. Dès lors nous savons que la représentation est sur le point de commencer. Les spectateurs se pressent sous la terrasse, ils se préparent intérieurement à vivre ce drame lyrique en trois actes qui attendent l'histoire d'amour dont le récit se confond avec la musique.

J'aborde cette première Journée avec plus d'aisance. J'ai retrouvé des connaissances qui font partie du milieu musical que je côtoie professionnellement : compositeurs, chefs d'orchestre, journalistes avec lesquels je peux échanger un regard, un sourire qui se passent de mots. La soirée va être longue mais les pauses de près d'une heure chacune laissent les chanteurs reposer leur voix et le public reprendre son souffle. Je me prépare à continuer de vivre au rythme des leitmotive. Mon désir va grandir en épousant celui de Siegmund et Sieglinde, couple gémellaire dont l'innocence me bouleverse. C'est la rencontre entre deux êtres qui se découvrent semblables, attirés par un amour avant même qu'il soit né. C'est parce qu'ils commencent à se toucher, à se caresser qu'ils se reconnaissent comme étant chacun la moitié l'un de l'autre. Il ne leur est plus nécessaire de faire appel à la parole. Elle est un frein à la spontanéité et brise tout élan, elle ne vient qu'ensuite, elle n'a plus d'importance. Je m'identifie aux personnages, ils me renvoient à ma propre nature en lutte perpétuelle entre un romantisme exacerbé et une volonté de n'obéir qu'aux impératifs dictés par la raison.

À l'entracte, il fait encore jour. Le ciel offre cette douceur des fins d'été où la chaleur a perdu de son arrogance. Je m'apprête à me rafraîchir au buffet quand je l'aperçois derrière Édith-Woglinde. Il ressemble à un manchot qui aurait endossé un costume trop serré. Je connais le personnage que j'ai maintes fois rencontré à l'Opéra et dans ma vie professionnelle. C'est un écrivain de talent. Je ne peux expliquer le secret de sa fécondité avec parfois deux publications la même année. C'est pourquoi en le retrouvant à Bayreuth, il me fait tout de suite penser à Fasolt, le géant de *L'Or du Rhin*, un géant très humain qui chante l'amour quand on lui propose l'Or, bien différent de l'autre géant Fafner qui tue son frère pour être le seul à posséder l'Anneau. Un géant romancier ? Cette idée m'enchante. Géant, il l'est par sa plume qui va plus vite que sa pensée. Je me suis souvent demandé d'où il tenait une telle avidité d'écrire. Est-ce une nécessité de vaincre la mort ? J'ai toujours été fascinée par cette urgence qui dévore certains auteurs quand ils se mettent à noircir des feuilles et répondent au cri de la page blanche qui les attire comme une femme aimée. J'aime à me les représenter – cela me fait sourire – en train d'écrire après avoir goûté un verre de cognac ou de bourbon dans la chaleur d'une pièce enfumée...Peut-être existe-t-il une volupté de vivre en romancier avec un chien fidèle, compagnon des jours sombres, assis à vos pieds, ou pour d'autres un chat qui voit tout, entend tout, connaît tous vos secrets et serait parfois capable d'écrire à votre place...

Géant, il l'est aussi par les villes qu'il a traversées comme s'il avait chaussé les bottes de sept lieues, allant de Pékin à Oran en passant par New York, Londres ou Florence. Je le considère comme un génie de l'érotisme urbain : il met sa sensualité au service de lieux qu'il se plaît à parcourir, il sait les caresser, les respirer, les enlacer, il les couche sur le papier pour nous les faire découvrir. J'aime quand il parle de musique. Je me reconnais dans sa volupté de vivre en esthète et de goûter jusqu'à l'ivresse toutes les formes de beauté. Me réfugier dans l'art et vivre dans l'imaginaire au point d'oublier mes clés ou certains rendez-vous qui m'ennuient prodigieusement, sont un reproche que me fait souvent ma famille : je m'enivre, non pas de vin, mais de poésie ou de littérature, à ma guise.

C'est aussi un grand séducteur dont le charme ne m'a jamais véritablement touchée. Je me souviens d'un geste déplacé qu'il a eu à mon égard quelques années plus tôt dans un couloir de la Maison de la Radio. Je l'ai remis à sa place en attrapant avec brutalité les boutons qui fermaient le haut de son pantalon. Tout d'abord interloqué, il a ensuite éclaté de rire et j'ai acquis dès cet instant la conviction que, jamais plus, il ne chercherait à m'inscrire au palmarès de ses conquêtes. C'est moi qui fus la plus forte. En le retrouvant à Bayreuth, mon premier sentiment face à lui se traduit par une forme très agréable de supériorité. Depuis mon divorce, je me suis jurée de ne plus souffrir du comportement des hommes. J'instaure un jeu de séduction dont je garde la maîtrise. Ce que je crains avant tout, c'est de devenir prisonnière, attendre les coups de fil qui n'arrivent pas, dépendre d'un sourire éclairant ma journée.

Avec lui, je ne cours aucun risque, je connais sa stratégie : de grosses ficelles qui ne peuvent aveugler que d'innocentes jeunes filles.

Il parle sur un ton haché, artificiellement mondain. À ma grande surprise, ce n'est plus sa voix qui résonne dans ma tête. Me revient subitement en mémoire ses mots écrits sur Floria dans son court récit *La mort de Floria Tosca*. Il faisait semblant d'espérer qu'elle ne se jetterait pas dans le Tibre, il se voulait capable de la garder pour lui, l'empêcher de courir sans hâte vers son destin. Je voudrais lui parler, tant de questions à lui poser sur son engouement pour Puccini et sa fascination pour cette femme qui emplit la scène et sa vie. Elle est libre mais les heures lui sont comptées : la tragédie de l'amour et la magie de *Tosca* emplissent soudain ma tête *Presto, Mario ! Su !* Lève-toi ! Mais Mario ne se relève pas.

Avec ce cri de douleur : *O Mario ! Morto ?* Comme si des voix venues du fond des temps s'étaient mises à chanter la passion sous toutes ses formes.

Il me sort de ma torpeur et me ramène à la réalité par des propos de salon :
— Vous êtes seule à Bayreuth ?
Et sans attendre la réponse, il ajoute :
— Moi aussi.

Dans l'incapacité de prononcer une parole, je dirige mon regard vers Édith /Woglinde qui ne m'est d'aucune aide pour trouver une réplique.

Semblant ne pas entendre mon silence, il poursuit son monologue en me tutoyant :
— Demain, il n'y a pas de spectacle. Si tu veux nous accompagner à Bamberg, sois là à onze heures devant le Festspiel. Nous partons à plusieurs voitures, il y a une place pour toi.

Tout comme après l'écoute du Prélude de *L'Or du Rhin*, la musique semble émerger de rien, nos premiers échanges s'apparentent à un non-langage : il est le seul à initier un début de conversation et ne reçoit en retour que mon mutisme.

À la fin du troisième acte de *La Walkyrie*, j'entame une plongée vertigineuse dans l'âme des personnages, beaucoup plus forte que dans *L'Or du Rhin*. Je peux ici, dans ce temps hors du temps, me permettre de ressembler à Sieglinde, la femme délaissée, vibrante de désir ou à sa sœur Brünnhilde que sa générosité va conduire au sacrifice. Je m'interroge sur le pouvoir que le théâtre exerce à cet instant sur moi quand il me raconte les amours interdites, la jalousie d'un mari trompé, la désobéissance d'une fille au père qu'elle aime passionnément, le désespoir de celui-ci qui le contraint de sacrifier son fils bien-aimé. Tous ces drames ravivent des moments que j'ai vécus douloureusement : une attirance pour un homme marié que je n'ai su maîtriser, la blessure de mon père quand j'ai épousé en cachette un autre homme qu'il n'avait jamais rencontré, puis ma séparation pénible d'avec ce mari auquel j'étais très attachée mais qui me détruisait. Je revis de façon particulièrement aiguë les dangers de la passion.

Oui, dès le début de la représentation, ma rencontre avec celui que j'appelle désormais Fasolt m'a quelque peu déstabilisée. Ce trouble est imprévu. Peut-être n'est-il dû qu'à la mise en scène, je m'autorise à ressentir pour la première fois depuis longtemps des émotions que je contiens dans la vie. Chéreau joue avec la précision des gestes, le déplacement des regards qui indiquent la voie à emprunter, la spontanéité des réactions mutuelles. Tout me plonge ainsi dans une mémoire universelle : la rencontre de deux êtres qui commencent à se toucher et se méfient des gestes esquissés, repoussant les caresses pourtant tellement désirées.

Ce jeu d'une folle sensualité, exacerbé par cette passion illicite me touche, moi qui me suis revêtue d'une protection qui ressemble au bouclier de Brünnhilde. Le personnage que je me suis créé, je peux le manier à ma guise. C'est un double de moi-même que j'offre à l'autre : une femme tentée par la séduction, cérébrale, éprise de liberté. Depuis mon divorce, ma vie, je la conduis comme un opéra dont je suis à la fois diva et metteur en scène. Mes sentiments, j'arrive à les dompter : je suspends le jeu quand bon me semble. J'ai su dans le passé arrêter les avances de celui qui n'était à mes yeux pas encore Fasolt. Et, de manière générale, c'est toujours moi qui prends l'initiative d'initier ou de clore les relations amoureuses mais voici qu'à Bayreuth, l'écoute de Wagner, amplifiée par la mise en scène de Chéreau, menace d'ébranler cette belle construction. Les tremblements qui parcourent mon corps m'en font percevoir les fissures.

Comment ne pas être bouleversée par l'interprétation de Sieglinde ? Sa puissante inspiration transforme sa voix en poème.

Oui à ses longs cheveux qui viennent s'enrouler sur le torse éclatant de Siegmund si beau, si jeune, si blond, effectuant avec elle sur une scène lyrique les mouvements d'un ballet lascif et sensuel !

Oui à ce long duo d'amour impossible entre un frère et une sœur quand le hasard fait découvrir à chacun le double de lui-même !

Comment ne pas s'égarer dans ce long crescendo où la musique fait grandir insidieusement le désir d'aimer ?

Oui aux caresses de Brünnhilde qui va envelopper d'un suaire blanc les épaules de Siegmund, tel un message de mort qu'elle ne pourra concrétiser !

Oui à Wotan qui étreint le fils chéri qu'il vient d'abattre !

Et quand je reconnais, au troisième acte, le thème de Siegfried sur le rocher des Walkyries, comment ma gorge ne peut-elle pas se serrer pour contenir le feu qui l'embrase tant est forte la puissance de l'opéra ?

Je laisse couler des larmes qui me brûlent de manière invisible. Je sens monter en moi un désir de m'abandonner mais j'ai peur de me laisser envoûter, de ne pas être capable de me reprendre quand je le déciderai.

L'exaltation, il est vrai, fait partie du paysage de Bayreuth. Que ce soit chez l'admirateur exclusif, celui pour lequel rien n'existe avant Wagner et rien ne peut advenir après, ou chez l'érudit dont la passion est fondée sur l'étude et l'analyse de son écriture, il est difficile d'échapper à l'emprise de cette œuvre. Il en est de même pour l'intuitif doué d'une extrême sensibilité qui n'a pas de connaissance musicale particulière. Je ne cherche pas à savoir dans quelle catégorie me ranger : je sais simplement que j'ai perdu mes repères. Bayreuth agit sur moi comme une catharsis, libérant mes émotions et m'autorisant à pleurer comme si mes larmes expulsaient toutes celles que je n'ai jamais versées quand j'ai perdu, très jeune, une de mes sœurs, mon cousin préféré puis ma mère. Je suis celle qui a toujours dû dissimuler sa douleur pour soutenir celle des autres.

Je regarde le public : mille trois cent quarante-quatre personnes, les yeux rougis, les mouchoirs froissés, trouvent encore après quelques secondes de silence de l'énergie pour applaudir, hurler, trépigner. Quarante-cinq minutes de rappels sans un seul sifflement, phénomène remarquable pour ce

Ring dont la mise en scène de Chéreau pousse les passions à leur paroxysme.

Je n'ose pas sortir. Je n'ai qu'un souci : éviter de croiser le regard de Fasolt. Je ne vais pas lui permettre de deviner mon émotion. Je la trouve impudique, voire indécente. Mes larmes m'appartiennent. Les seules que j'ai pu connaître dans le passé étaient invisibles, elles me brûlaient à l'intérieur, elles ne s'écoulaient pas. Celles que Wagner m'autorise à verser ici émanent de la beauté, elles s'estompent dans le silence. Brünnhilde, même endormie sur son rocher, continue à faire retentir en moi son chant comme une ombre nostalgique qui traverse la scène dévorée par les flammes du destin. La plus belle image : une femme captive dans ce lieu obsédant avec pour seuls compagnons la solitude et le rêve où tout est possible. Peut-être ai-je souhaité, comme elle, faire sommeiller mes peurs pour découvrir au réveil une volonté impérieuse d'aimer ?

Je quitte le théâtre en m'éloignant des autres. Je sens en moi une force inconnue qui, pendant près de six heures, a fait vibrer mes sens. Arrivée à la pension Daünner, je ne peux trouver le sommeil. J'attends la journée du lendemain qui me permettra peut-être d'éclaircir mes sentiments. Je connais ma capacité à dominer mes passions mais en ai-je encore le désir ? Je suis prise d'une tentation, une volonté de découvrir la réalité sous les apparences, connaître l'homme derrière le bel esprit toujours en représentation, qui fréquente et fascine parfois le milieu culturel parisien. Je n'arrive pas à saisir l'écart entre la finesse de ses écrits et une certaine vulgarité dans son comportement avec les femmes. Mais au fond, je connais mal sa vie, si ce n'est à travers ses livres et son parcours professionnel quand je l'ai rencontré à l'ORTF lorsqu'il était chargé de l'harmonisation des programmes. Ma représentation est celle d'un dandy exaspérant bien que terriblement sympathique, toujours pressé, passionné d'opéra, de poésie, d'art et charmé par les femmes. Je l'ai toujours rencontré en compagnie de magnifiques créatures. Comment se fait-il qu'il soit seul à Bayreuth ?

Je passe une partie de la nuit plongée dans le livret de *La Walkyrie*, espérant trouver dans cette lecture des éléments de réponses aux questions posées par les déchirements intimes. Sieglinde n'a pas résisté à la fulgurance de l'amour pour son frère Siegmund. Dois-je m'autoriser comme elle à répondre à mon désir ? Le meilleur moyen d'échapper à la tentation n'est-il pas d'y céder sans me poser trop de questions ? Le plus inexplicable, le plus irritant pour moi, demeure l'incertitude. Ce n'est pas dans ma nature. La question me tourmente, elle m'empêche d'avoir une réflexion sereine.

Je décide de penser à autre chose. Je réalise que la pensée de mon grand-père s'est peu à peu estompée depuis cette première Journée. Je me rappelle avoir emporté dans mes bagages, outre l'indispensable *Voyage artistique* d'Albert Lavignac, bible de tous les amoureux de Bayreuth, un ouvrage publié en 1943 sous le titre *Richard Wagner : vues sur la France*. Ce livre fait partie de l'importante documentation qu'il possédait, je l'ai récupéré après le décès de ma grand-mère. Une lettre du peintre Fantin-Latour à un ami, écrite après la création de *L'Anneau du Nibelung* lors de l'inauguration du Festspielhaus, complète nombre de témoignages élogieux sur le Festival. Elle évoque les applaudissements qui ont suivi la dernière représentation de *la Tétralogie*. Je me surprends à lire cette page à haute voix, ce que je fais souvent pour m'imprégner de la musique d'un texte : « *C'est un art nouveau, l'art de l'avenir. Pensez à l'ovation finale ! Enfin il paraît ! Des larmes me viennent aux yeux [...] C'est émouvant, on sort, on embrasse Wagner. Je ne peux exprimer combien je me sens emporté.* »

Je suis fascinée par le magnétisme de l'art qui résiste à l'usure du temps. Le plus notable cependant n'est pas l'enthousiasme de Fantin-Latour, mais le fait qu'en pleine guerre un ouvrage consacré à Wagner ait pu être publié avec un avant-propos louant l'esprit de tolérance et de compréhension du compositeur.

J'étais trop jeune quand mon grand-père m'a fait partager son amour de Wagner pour savoir où s'arrêtait sa connaissance du personnage. Peut-être épousait-il l'opinion de ceux qui figurent dans ce livre ? Je n'ai jamais cherché à en parler avec ma famille.

Lui, que j'aimais plus que tout, était un poète de la vie, un musicien de l'instant et je ne saurai jamais si les larmes qu'il laissait échapper en écoutant le dialogue entre Sigmund et Sieglinde avaient un goût amer. La guerre était finie, mais lui, que pensait-il au juste ?

Un siècle après la création de *la Tétralogie* à Bayreuth, je suis, comme tous les spectateurs, réceptive à l'évocation permanente de l'amour rédempteur soulignée par Wagner. L'amour rédempteur ? Je n'ai jamais éprouvé ce sentiment. Pourquoi aurais-je eu besoin de connaître la rédemption ? J'ai été bouleversée par la mise en scène de Patrice Chéreau qui a ravivé l'antisémitisme de Wagner en jouant sur l'ambiguïté de la représentation juive d'Alberich dans *L'Or du Rhin*. Il est vrai que nous sommes loin aujourd'hui de la tolérance dont Wagner a su se parer. Ces questions, et surtout mon malaise vis-à-vis de la fascination qu'exerce sur moi *la Tétralogie*, me permettent d'échapper un moment au dilemme que me pose la rencontre de Fasolt. Je suis confrontée à une tout autre problématique, politique cette fois, qui correspond beaucoup mieux à ma nature de femme engagée, consciente des problèmes de son temps et, depuis toujours, préoccupée par la question juive.

Je suis loin d'imaginer que trente ans plus tard le public connaîtrait un enthousiasme d'une même intensité, mais d'une tout autre portée. Il prendrait la forme d'une réparation à l'antisémitisme de Wagner : nous sommes salle Pleyel, après avoir écouté le premier acte de *La Walkyrie*, la salle entièrement debout perd son souffle dans des bravos ininterrompus. Le chef d'orchestre ne s'appelle pas Wagner ni Boulez, mais Daniel Barenboïm. Il embrasse ses musiciens un à un pour ce dernier concert à Paris du *West Eastern Divan Orchestra* qu'il a fondé en 1999 avec le Palestinien Edward Saïd dans le but d'associer une formation musicale à une compréhension mutuelle entre des peuples et des cultures traditionnellement opposés.

Il vient de s'adresser à un public émerveillé qui ne peut s'arrêter d'acclamer non seulement l'interprétation magistrale qu'il a reçue comme un don, mais l'audace du projet de paix porté par un chef-d'œuvre, celui de ce même Wagner que, soixante-dix ans auparavant, l'Allemagne national-socialiste a transformé en arme de mort. Barenboïm souligne que la musique ne doit pas être considérée comme un projet politique mais comme un combat contre l'ignorance où des jeunes gens d'Israël, de Palestine, de Syrie, du Liban, d'Égypte, peuvent apprendre à vivre ensemble en écoutant le récit de l'autre. Il croit profondément que, même si la musique est incapable de régler le moindre conflit, elle peut nous apprendre à nous interroger. Elle est une école de vie. Barenboïm rend hommage à tous ces musiciens, quelle que soit leur origine, qui font preuve de courage, d'une compréhension et d'une vision remarquables. Il forme le rêve de pouvoir porter avec eux la musique non seulement à Berlin, Paris ou Londres, mais à Damas, Beyrouth, Ramallah, Le Caire, Tel Aviv.

Puis Barenboïm remercie le public.
Et le public, lui…
Il pleure.

Que ce soit en 1876, date de la création de *La Walkyrie* à Bayreuth, ou cent ans plus tard lors de la production Chéreau/Boulez, ou encore en 2008 avec Barenboïm,

Wagner provoque toujours cette passion dont Nietzsche se méfie quand il écrit : « S'attacher à Wagner, cela se paie cher. » Et les larmes que je verse à Bayreuth pendant cette première Journée prennent alors la teinte d'une promesse.

Quasi Allegretto

Mardi 22 août

C'EST ÉDITH-WOGLINDE et non Fasolt qui m'attend le lendemain de la représentation de *La Walkyrie* à onze heures devant le Festspiel. C'est une journée sans spectacle, elle permet aux chanteurs comme au public de prendre quelque repos. Je me rends à un rendez-vous qui me conduira au cœur de l'Allemagne baroque.

À côté de nous, c'est déjà la foire au troc :

> *Échange un Tannhäuser contre un Götterdämmerung.*
> *Cherche deux places pour Siegfried.*
> *Vends places bon marché pour acheter des places mieux situées.*

Des hommes et des femmes de toutes nationalités restent là des journées entières, nourris par l'espoir d'obtenir des billets, quel qu'en soit le prix.

Woglinde est superbe dans sa robe noire qui moule sa peau bronzée, laissant apparaître des bras nus recouverts par une chevelure semblable à la fourrure d'un Abyssin. Par sa manière de glisser sur le sol quand elle marche, elle ressemble de plus en plus à une Fille du Rhin. Légère comme un oiseau planant sur la vague, elle arbore un sourire énigmatique, telle une pythie qui détient un oracle incompréhensible pour le commun des mortels. Et c'est d'un air profondément inspiré qu'elle prononce ces mots : « Je savais bien que vous viendriez, les autres voulaient partir sans vous. » Je ne fais pas attention à ces mots sur le moment. Que veut elle signifier par là ? A-t-elle perçu le trouble qui m'a animée la veille ou souhaite-t-elle seulement que je ne vienne pas ? Craint-elle que Fasolt dont elle connaît le pouvoir de séduction, tente de l'exercer sur moi ? En quoi cette éventualité pourrait-elle la déranger ? Quelle est la nature de leur relation ? Dès le premier jour j'avais perçu entre eux une complicité évidente, un regard, un sourire, mais je n'avais pas cherché à en savoir plus. Et pourquoi « les autres » ? Pensent-ils, eux aussi, que je ne les rejoindrai pas ? Et qui sont « ces autres », sortis de nulle part, qui ont prise sur mon destin ? Je n'ai pas le sentiment que ma présence puisse modifier en quoi que ce soit l'intimité de leur promenade. La phrase de Woglinde garde son mystère. « Ces autres » que je découvre quelques minutes plus tard, je les connais pratiquement tous : outre le mari de Woglinde, j'aperçois un chef d'orchestre que j'aime beaucoup, accompagné de son épouse, puis Richard, un éditeur connu et son épouse Isabelle et bien sûr Fasolt avec son ami Charles. Je partage avec eux cette mémoire des deux premières représentations du *Ring*. Ils font partie des fidèles, membres d'une même famille qui portent au Maître un culte religieux. Soudés dès la première seconde, nous effectuons un voyage qui nous conduit dans le dernier acte de *La Walkyrie*, au baiser de Wotan à sa fille endormie où désormais sont mêlées les magies du Feu et du Sommeil. Ce baiser sur les yeux qui plonge la Walkyrie dans la nuit est attendu par les wagnériens. Il donne à ce père dont la douleur nous bouleverse un espoir qui revêt une tendresse insoutenable. Ce baiser, je le reçois comme un geste d'amour que Wagner offre à son public. Il me rappelle celui de mon grand-père quand il me serrait dans ses bras pour me faire écouter *La Walkyrie*. Tout se mêle dans ma tête. Le feu qui a envahi le plateau ravive ma mémoire : il me faisait don de son sourire en écoutant la musique. Son visage se couvrait d'une lumineuse douceur, poussières d'étincelles que j'associe à l'écriture orchestrale, scandée par les traits des violons avant que résonne à la fin de l'acte, le thème du Destin.

«…Wenn Hoffnungssehnen	quand l'espoir me brûlait
das Herz mir sengte,	le cœur de désirs,
nach Weltenwonne	que plein d'une angoisse sauvage
mein Wunsch verlangte	j'aspirais à jouir
aus wild webendem Bangen :	du monde :
zum leztenmal	pour la dernière fois
letz es mich heut	je m'en repais
mit des Lebewohles	avec le baiser
letztem Kuβ ! »	de l'adieu ! »

Nous sommes neuf à rouler dans plusieurs voitures au soleil vers le château de Weissenstein, délicieusement enchaînés à Wagner non plus par un anneau mais par ces fils d'or de la destinée que les Nornes tresseront au Prologue du *Crépuscule des dieux*.

Commence alors un jeu musical où chacun se plaît à exhiber ses connaissances wagnériennes :
— Chante-moi le thème des Pommes d'Or
— Non, je préfère Le Charme des Flammes
— Et moi La Convention avec les Géants
— Pour moi, ce sera L'Arc-en-Ciel
— Et pourquoi pas Le regret de l'Amour. Non c'est trop triste, je choisis La Fascination de l'Amour.

Et d'un ton doctoral Woglinde ajoute : il faut savoir si vous allez chanter en fa ou en mi bémol. Que préférez-vous ? La deuxième moitié de la belle phrase de Fricka ou la reprise par Wotan ?

Elle commence à m'agacer, Woglinde. Quelle pédanterie ! Comment savoir si l'on chante dans une voiture en fa ou en mi bémol ? Qui veut-elle impressionner ? On dirait non pas un concours de beauté mais une joute oratoire d'où sont exclus tous ceux qui n'ont jamais su comme moi émettre un son juste. Ces leitmotive, ils résonnent dans ma tête mais je suis dans l'incapacité de les reproduire ou de les siffler. Hors du jeu je me sens parasite, je commence à regretter d'avoir accepté l'invitation de Fasolt.

Et, comble du supplice, l'exercice gagne en difficulté. Chacun veut évaluer la mémoire musicale de l'autre. Les thèmes sont entrecoupés d'éclats de rire chaque fois que Fasolt et Charles, au lieu de respecter les règles, évoquent le prénom d'une jeune Allemande rencontrée à un entracte, dont ils disent tous les deux être tombés amoureux. Elle ne parle pas le français et ni l'un ni l'autre ne connaissent l'allemand, si ce n'est quelques mots volés à Wagner. Tout ce qu'ils ont retenu, c'est son prénom, Krista : un visage impassible, des yeux noisette avec une pointe de vert qui semble sortir des eaux du Rhin, un corps mince mais raide avec un cou allongé comme celui des femmes peintes par Modigliani. Je me demande ce qu'ils peuvent bien trouver à cette fille qui ne sait pas sourire et dont le seul charme réside dans son collier de perles translucides qui s'éclairent chaque fois qu'on la regarde. Elle ne porte pas d'or, mais dès qu'un des deux garçons entonne comme un leitmotiv le prénom de Krista au lieu de chanter le thème demandé, les autres sifflotent La Brillante Fanfare de l'Or. Cela met tout le monde en joie mais a le don de m'exaspérer sans que je veuille véritablement me l'avouer.

On approche du château, un des spécimens du style baroque franconnien qui allie une surcharge décorative à l'exubérance des contrastes. J'aime cette Allemagne où se côtoient châteaux perchés en flan de colline, vieilles églises gothiques, lacs et fleuves traversant une campagne aussi verte que les pins. Les voitures ne s'arrêtent pas, longent les douves qui entourent Weissenstein et poursuivent leur route en direction de Bamberg.

Ces *journées sans*, comme les appellent les habitués du Festival, ont leur rituel. Nous devons passer du trop-plein au silence que l'on comble par les échanges entre amis et le plaisir des yeux : on se nourrit de vieilles pierres, de peinture, de jardins, d'abbayes ou de cathédrales comme celle de Bamberg.

Le jeu a cessé entre eux. Fatigués, ils ont épuisé leur répertoire. Il faut garder quelques thèmes pour la dernière journée *sans* : celle entre *Siegfried* et *Le Crépuscule des dieux*.

Charles conduit, Fasolt dévore de manière compulsive des pastilles à la menthe. Je joue avec mes cheveux en laissant le vent me frapper le visage au travers de la vitre entrouverte. L'air est frais et la campagne dégage un parfum qui mêle le chuchotement du vent à l'humidité des pins. Je voudrais que le chemin ne s'arrête jamais. Je ferme un moment les yeux. Le silence est léger comme une caresse quand Fasolt s'écrie :

– Ne t'endors pas ! On arrive bientôt et ce serait dommage que tu ne profites pas du paysage. Viens t'asseoir à côté de moi, il y a de la place pour trois.

Comment résister au caprice d'un géant ? J'enjambe en pleine course la banquette avant pour me retrouver à l'arrière à côté de lui. Je sens soudain ma peau changer de couleur. Je suis troublée à la pensée qu'il ait pu déceler cette honteuse rougeur. Je suis prise de panique quand il me saisit la main en l'étreignant si brutalement que j'ai du mal à ne pas crier. J'entends mon pouls s'emballer comme un papillon pris au filet. Je me trouve ridicule dans ma petite robe de coton bleu agrémentée d'une écharpe en soie qui glisse sur mon cou aussi coloré que mon visage. Pense-t-il à la main de Krista à ce moment-là ?

Fasolt sort un carnet dont il arrache une page sur laquelle il a griffonné quelques mots à la hâte :

Pour toi ma Jolie,
dans les parcs de Germanie
y a des princes, des Walkyries
et sur le chemin du cœur
un bout de p'tit bonheur
et sur la page d'ce carnet

y a le nom de l'auteur ivre
(d'elle !)

Je ne peux m'empêcher de rire en déchiffrant ces lignes, prenant soin de bien couvrir la feuille pour ne pas éveiller la curiosité de Woglinde. Je découvre son écriture, des lettres à l'encre bleu-noir, d'un reflet presque violet, inclinées légèrement à droite, fortement appuyées sur le papier comme si elles voulaient le transpercer. Je regarde ses doigts, très longs, très effilés, doigts d'artiste qui couchent sur la feuille toutes les phrases qu'il a fait naître et qui viendront un jour prendre place dans une bibliothèque. Et subitement, je repense aux mains de mon grand-père, elles aussi si longues, si effilées, qui ont donné vie à tant de naissances lorsqu'il accouchait les femmes du siècle dernier. Combien d'enfants sont passés entre ses mains, mains magiques qui de chaque pression aidaient les nouveau-nés à venir au monde ! Les mots de Fasolt que ses mains ont dessinés pour moi, je ne les lis pas seulement, ils résonnent comme un cri.

Je retire mon écharpe, laissant mes cheveux blonds tomber naturellement sur mon cou. Fasolt, prenant ce geste comme une invite, y pose délicatement ses lèvres dans l'indifférence générale. Les autres voyageurs commencent à avoir faim, la question fondamentale est de choisir entre une brasserie traditionnelle et l'une de ces pâtisseries typiquement allemande, décorées de crème fouettée et de nougatine.

Arrivés à Bamberg, nous nous dirigeons spontanément vers la célèbre brasserie Heller-Trum qui produit la bière appelée Rauchbier dont les saveurs rappellent le bois et le gibier fumés. Situé au centre de la vieille ville, le pub est bondé de touristes de tous âges dégustant la fameuse *Schlenkerla* sans retenue dans des bocks qu'ils tiennent comme un calice. Au lieu de prendre une bière, je prends un jus de tomate. Il est pourtant difficile à Bamberg d'ignorer cette tradition séculaire. C'est à Heller-Trum que débute pour les amateurs la « route des brasseries » dans l'atmosphère d'une ville médiévale qui a échappé aux destructions de la Seconde Guerre mondiale.

Fasolt se moque de moi :

– Tu devrais avoir honte de ne pas aimer la bière. Sais-tu ce que disait le Kaiser Wilhelm ? : « Présentez-moi une femme qui aime véritablement la bière et je conquerrai le monde. » Il faut absolument que je fasse ton éducation, éducation qui commence par être littéraire : il me récite une strophe d'un poème d'Émile Verhaeren :

La bière
À celui qui la boit devant un feu vermeil
Semble sortir en robe de soleil
Du creux des verres...

Cherche-t-il à me faire partager son goût pour la bière ou n'est-ce qu'un prétexte pour m'éblouir par sa culture ? Je ne pense pas : les mots sortent de ses lèvres avec la même fluidité que l'air qu'il respire. Ma présence lui sert d'écho. Je n'ai qu'une envie alors, c'est de mettre à son service toute ma passion littéraire. Je voudrais être capable de poursuivre la strophe, l'étonner, le surprendre et qu'il me reconnaisse comme faisant partie des siens.

Il me propose de visiter la cathédrale, laissant les autres terminer sans nous leur dégustation. Accrochée à lui pour ne pas trébucher, j'avance sur les pavés. Au bout du chemin se dresse une église apparemment sage aux vitraux bleus comme le ciel. En franchissant le portail, je sens son corps tressaillir quand il me dit en effleurant ma peau : « Ce n'est pas la cathédrale elle-même qui compte ici, mais ce qu'elle renferme. Là encore, je me promène comme dans un livre... Il y a des jours où trop de beauté m'étouffe. »

À l'intérieur, trop de blanc qui aveugle, trop d'or sur les quatorze saints dont l'insolente somptuosité risque de troubler le recueillement attendu en ces lieux, mais surtout la vue de Denis le décapité, chef d'œuvre de l'art baroque avec, dans la main, sa tête dont le sang sculpté gicle pour l'éternité. Plus loin, je découvre l'imposante chaire entourée d'angelots dorés étirant leurs ailes sur un soleil flamboyant. Leur candeur contraste avec le martyre de saint Denis. Je retrouve le même éblouissement que dans le petit théâtre des Margraves, mais il est ici décuplé. Entre-temps, Wagner a opéré chez moi la transformation de tous mes sens. Maintenant je ne vois plus seulement avec mes yeux, j'ai l'impression que Fasolt m'a prêté les siens, ils donnent à mon regard une acuité particulière. Je suis soudain capable d'instaurer un dialogue avec la beauté. Suis-je en train de re-vivre avec lui la même situation que j'ai connue avec mon grand-père quand il m'initiait à l'art ?

Je contemple ces saints entrés en religion comme les artistes en écriture, dans un mariage mystique. Fasolt fait partie de ceux-là. En me remettant son petit mot dans la voiture, il m'a dit ne savoir communiquer avec une femme qu'un crayon à la main. Il devient le voyageur d'une île dont lui seul peut dessiner les contours.

La plupart des créateurs que j'ai connus, et un jour aimés, ont besoin d'un enclos pour vivre la solitude de l'écriture. On croit être leur inspiratrice, ce n'est souvent qu'un leurre. Ce qui les nourrit, c'est la relation à leur muse. Quand cesse l'étonnement, ils en cherchent une autre et l'on s'aperçoit qu'on n'avait été que l'idole d'un moment. Je dois m'empêcher de reproduire cette expérience passée avec un écrivain de trente ans mon aîné : j'étais sa Bettina Brentano, il m'écrivait des poèmes ; en fait, c'est lui qui se valorisait. Il se prenait pour Goethe. Il ne cherchait pas à savoir qui j'étais, à connaître mes désirs ou mes peurs. Il ne cherchait en moi qu'un miroir grossissant le mettant en valeur. Je veux aussi éviter de confondre le personnage de Fasolt et l'attirance qu'il exerce sur moi avec la fascination que j'ai toujours eue pour l'art.

Dès l'âge de quinze ans, j'admirais les figures féminines des romantiques allemands comme mon arrière-grand-tante Bettina ou encore Dorothée Schlegel ou Caroline Schelling auxquelles je me suis souvent comparée. En quête de liberté, il m'arrive souvent de mener une vie cachée pour ne pas déroger aux normes de mon milieu social dont je rejette le conformisme. J'ai noué des amitiés avec des personnes d'autres cultures dont certaines appartenaient à des groupes révolutionnaires et il m'était impossible de les introduire dans ma famille. Éblouie par le monde littéraire, j'ai toujours rêvé d'inspirer un écrivain, de vivre des sensations fortes avec des êtres d'exception. Je me suis refusée à suivre la voie tracée dont rêvait pour moi mon père en épousant un « homme avec une belle situation. » Si je continue à admirer ces femmes qui vivent leur passion avec des grands poètes, cherchant ainsi à donner sens à leur vie, s'ajoute à présent pour moi un désir nouveau : celui d'être remarquée pour ce que je suis, ne plus être réduite à un simple faire-valoir.

Fasolt m'arrache à mes pensées, il m'attrape la main, il m'entraîne plus loin dans la cathédrale avant de s'arrêter, subjugué, devant une statue : il s'agit de la Synagogue. Adossée au troisième pilier du bas-côté sud, elle repose sur une colonne sous laquelle figure un petit juif de pierre dont la tête est couverte d'un diable aux jambes ailées. Cette représentation, me dit-il, évoque traditionnellement pour les chrétiens l'erreur dans laquelle se trouve le peuple juif en ne reconnaissant pas la divinité de Jésus. Il me confie qu'elle symbolise pour lui l'image même de l'érotisme. Il parle sans s'arrêter : elle n'est pas l'Impératrice de *La Femme sans ombre* de Richard Strauss évoquée à plusieurs reprises dans son livre sur Floria Tosca, elle est ici la femme sans regard, les plis fabuleux de sa tunique laissant deviner des seins offerts, drapés dans le silence. Son sourire énigmatique attend ses baisers.

Comme Fasolt devient superbe quand il me parle d'elle, reine voluptueuse dont la gloire est passée, aveuglée par l'esprit du mal ! Ce n'est pas l'ignorance qu'il perçoit derrière ses yeux qui semblent le fixer sous le voile occultant son regard mais l'offrande de son ventre bombé éveillant son désir. Il caresse sensuellement le bas de sa tunique, la pointe de ses seins étant hors d'atteinte. Il n'est plus à cet instant un géant désirant posséder l'Or puisque la cathédrale le lui a somptueusement offert. Il s'est transformé en Siegmund qui découvre l'amour fou et même en Siegfried qui permet à la vierge de devenir femme dans la jubilation. Quel motif aurait-il ici chanté si nous avions poursuivi le jeu commencé dans la voiture ? Le merveilleux étincellement du Salut au Monde, le radieux Salut à l'Amour empli d'une ferveur juvénile ou le joyeux Enthousiasme de l'Amour ? Ces thèmes ont envahi ma tête.

Je regarde soudain Fasolt différemment. Il a perdu le costume de mondain que je lui ai toujours connu pour revêtir celui d'un homme en quête d'absolu. Il me plaît que ce soit Bayreuth qui nous ait fait nous découvrir. Je m'interroge sur sa capacité d'intérêt ou même d'amour pour celle qui saura prendre la forme de la « femme en pierre » en gardant les yeux voilés parce qu'elle a péché par ignorance. Je me sens tout aussi capable de jouer le rôle de la transparente impératrice Cunégonde du Tombeau de Riemenschneider qu'il vient également d'admirer dans la cathédrale. À l'inverse de la Synagogue, elle représente la chasteté. Mais je préfère que ce soit l'abandon de la femme à l'aspiration de l'homme que Fasolt privilégie. Son attention s'est toujours concentrée sur la statue de la Synagogue. Tout se passe comme si elle l'avait envoûté : femme interdite, *Ava* aux mille visages, image glacée d'un corps qui s'offre et se refuse.

J'essaie de percer le mystère de son regard sur elle. Il est ce magicien qui fait chanter les paysages : les marbres d'Ekklesia et du pape Clément II, le sourire de l'ange, saint Laurent sur le tombeau de l'empereur, la prophétesse Élisabeth au nez brisé, le Reiter sur son cheval. Je veux pénétrer son monde et m'imprégner de sa vision ou mieux me transformer en statue de marbre de Carrare, celui que l'on trouve en Toscane, dont j'ai lu qu'il était amoureux. Il caresserait ma peau, puis tremperait de ses lèvres humides le bas de ma tunique avant de remonter plus haut pour faire chanter mes cuisses. Ici, dans la cathédrale, je redoute l'ivresse donnée par la pierre qui fait croire à l'éternité. Plus fort serait la chute mais quand il se tourne vers moi, son visage prend la couleur de la tendresse. Il semble me regarder pour la première fois. Il a tout à coup rejoint les humains et compris qu'auprès de lui le sourire d'une femme vivante s'est mis à défier le monde. Il a retiré l'armure brillante qui protège l'homme papillonnant que tout le monde connaît pour dévoiler un autre visage, celui de la douceur qu'il sait si bien offrir à ses lecteurs. Je pense à ce moment-là que nous pourrions avoir un réel échange. Chacun se montrerait tel qu'il est, sans vouloir marivauder ou rivaliser d'érudition pour éblouir l'autre comme nous l'avons fait dans la voiture.

Cet instant de fulgurance est brisé par l'arrivée de Woglinde et des autres. Ils s'arrêtent devant la fresque d'Appiani, *L'Adoration des mages*. Le charme est rompu, le temps a repris son cours : celui des cartes postales achetées sous un porche que l'on envoie comme des bouteilles à la mer.

Après un dernier adieu lancé à la cathédrale, nous descendons vers la ville basse. Une mer brumeuse de pierres grises avec des tours qui transpercent le ciel s'étend à perte de vue. Une débauche d'églises, de palais, de pignons, de toits, noircit la vallée. Chaque maison présente un profil différent, des faîtages hauts alternent avec des faîtages bas, les cloisons en charpente succèdent aux coursives en bois. Sur le Regnitz, des filets de pêche sèchent : le linge flotte.

Je serre dans ma poche le mot griffonné par Fasolt qui prend ici tout son sens. « *Les parcs de Germanie ressemblent à des prairies, les hommes y sont des princes, les femmes des Walkyries.* » Je marche à ses côtés, délivrant la Synagogue de son voile, et deviens une Brünnhilde que le désir a pour toujours arrachée au sommeil. En me retournant, j'aperçois Woglinde accompagnée de son mari. Ils sont suivis par Charles, Richard et Isabelle, Jean-Claude et son épouse Anne dont l'extrême sensibilité me fait trembler d'émotion. Le regard que cette femme promène sur le monde dégage un émerveillement communicatif. J'aime sa fraîcheur et sa simplicité. Elle réussit à exister pour elle-même tout en assumant sa situation de *femme de* chef d'orchestre célèbre. Je n'ai jamais rencontré un être dont le silence semble aussi vivant. Elle arrive à libérer une lumière qui lui est personnelle sans se laisser occulter par le rayonnement de son mari. Et je trouve cela remarquable. Je pense qu'elle est dans le vrai, elle a su trouver sa place, ce que je n'ai jamais pu faire dans mes relations avec des créateurs ou artistes.

Chacun poursuit sa marche dans Bamberg avec cette volupté propre aux chats qui s'étirent sur les trottoirs. Fasolt connaît ces rues, ce pont, cette rivière, sa grande roue et son cygne blanc, toujours le même, qui semble sorti de la scène II du premier acte de *Lohengrin*.

Entre le charme discret des coudes qui se frôlent, la chaleur rayonnante de Jean-Claude, le rire d'Anne, le sérieux imperturbable de Charles, Fasolt a faim. Son appétit devient l'unique préoccupation du groupe. Il monopolise toutes nos pensées. Il lui faut manger, n'importe quoi, n'importe où, mais tout de suite. La seule table qui reste disponible se trouve placée dans un équilibre instable, à l'extérieur d'un bar sur l'herbe mouillée par la pluie. Personne ne réussit à déchiffrer la carte mais Fasolt a faim. Il s'apprête à embrasser tout ce qui se présenterait. Il faut choisir son menu au hasard comme on joue à la roulette en attendant la suite. La suite est délirante : des saucisses, des saucisses, rien que des saucisses dont il est impossible de décrire précisément la couleur. Elles ont des formes rebondies, un peu écœurantes. Mais Fasolt a faim, de cette faim de géant qui transforme son avidité en œuvre d'art. Je porte sur lui un regard maternel, attendrie par tant de vitalité, oubliant moi-même de toucher à la nourriture. Je pourrais rester des heures à le regarder dévorer son plat, persuadée que les romans qu'il écrit trouvent leur source dans son appétit des mots. Le nom de Fasolt que je lui ai donné, il le trouve amusant et finalement approprié. Géant, il l'est bien, par son activité boulimique, sa mémoire phénoménale, sa culture encyclopédique, son narcissisme parfois exaspérant. Son énergie débordante ne peut se canaliser que par l'écriture. Je finis par m'emparer d'une saucisse, la peau craque sous ma dent, laissant échapper un suc huileux que je garde un instant dans ma bouche avant de l'avaler. Jamais son goût ne m'a semblé aussi bon. Je ne la trouve plus écoeurante, je serais capable à présent d'engloutir tout le plat. Mais le regard des autres m'arrête dans mon élan. Il est temps de rentrer. L'heure n'est plus à la jubilation culinaire. D'ailleurs le restaurant va fermer, les conversations s'essoufflent, le froid a eu raison de nous, chacun remet son manteau, il ne reste sur la table que les miettes du festin.

La voiture roule entre chien et loup sur une longue route plate et sinueuse entre Bamberg et Bayreuth. Lentement s'efface le contour des églises et des châteaux surplombant le Main rouge. Sur une colline oubliée un monastère qu'on ne visitera peut-être jamais attire le regard. Il y a tant de choses à voir, écouter, découvrir, aimer dans cette campagne où le vert commence à pâlir, où règne un temps suspendu entre deux rendez-vous. La prochaine *journée sans* se situe entre *Siegfried* et *Le Crépuscule des dieux*. Je ne cherche pas à me projeter, à imaginer ; je veux laisser les choses venir pour permettre aux surprises d'éclore.

Lentement, je me glisse dans les bras de Fasolt. Ils appartiennent à un homme dont les yeux sont clos comme

ceux de la Synagogue. Ses doigts effleurent si légèrement ma gorge qu'ils semblaient prêts à s'évanouir. S'enfonceront-ils plus loin ? Je feins de dormir, bercée par le ronronnement du moteur qu'aucun bavardage ne vient troubler. Charles conduit dans le silence, Fasolt poursuit ses caresses indiscrètes avec une indifférence féline. Son mutisme ressemble à de la douceur. Il me chuchote des mots que les autres ne peuvent entendre :
– J'aimerais que tu dormes cette nuit avec moi.
– C'est trop tôt, répondis-je.
– Trop tôt ! Pourquoi ?
– Brünnhilde n'a pas encore été tirée de son sommeil.
– Mais je ne suis pas Siegfried !
– Je sais, tu es Fasolt, et de toute façon Fasolt est mort et je ne suis pas Brünnhilde.
– Alors, je ne comprends pas pourquoi tu ne veux pas.
– Je n'ai pas dit que je ne voulais pas, j'ai seulement dit que c'était trop tôt.

Fasolt doit me trouver bien compliquée. Je pense qu'il a simplement envie de dormir avec une femme, un désir de posséder tout ce qu'il rencontre comme l'*Aurélien* d'Aragon qui le fascine au point d'avoir donné à sa fille le prénom de l'héroïne. Classe-t-il lui-même les femmes entre *les possibles, celles qui ne le sont vraiment pas et celles qu'il ne pourrait malheureusement jamais obtenir ?* Je veux lui faire comprendre que l'amour à Bayreuth doit suivre pour moi certains rites : je les ai moi-même établis : il me faut rester maître de la situation, poursuivre la mise en scène de notre relation, garder le contrôle et me laisser aller au moment que j'aurai choisi. Nous sommes les acteurs d'un spectacle dont j'écris le scénario. Je ne veux pas qu'il confonde à présent le désir qu'il me porte avec celui de combler un vide. Je ressens sa demande comme la supplique d'un enfant gâté qui cherche sa peluche pour trouver le sommeil. Je mesure chez lui une fragilité qui s'exprime par la peur de la solitude. Je me demande s'il peut exister sans un public. Je refuse d'être réduite au faire-valoir d'un homme qui recherche le regard d'une femme pour renouveler le sens qu'il donne à sa journée. Lorsqu'il m'a demandé si j'étais seule à Bayreuth, j'aurais dû le surprendre en lui répondant que j'étais venue avec mon grand-père. Il aurait voulu le connaître, je lui aurais dit qu'il était mort depuis trente ans. Il aurait tout de suite compris que je ne ressemble à aucune autre, qu'il doit changer de procédé s'il veut connaître la chaleur de ma peau.

Je dois attendre la prochaine représentation pour savoir si j'accepte de répondre à son invite. Avec le retour des trente-cinq leitmotive dans *L'Or du Rhin* et vingt-deux dans *La Walkyrie*, il m'est permis de verser des larmes sans connaître le désespoir. J'éprouve la richesse de ces personnages en conservant leurs émotions, même après la tombée du rideau. Je partage la passion de Sieglinde pour son frère jumeau, je m'appelle Brünnhilde quand elle désobéit à son père, je donne cours à mon imagination tout en sachant que c'est du théâtre. J'essaie de me rassurer : une fois l'exaltation tombée, je redeviendrai moi-même, je n'aurai pas de cicatrices.

Je n'ai pas rouvert les yeux. Son sourire traverse mes paupières.

Fasolt aime les défis. J'ai excité sa curiosité.

– Dis-moi pourquoi Édith est la seule à connaître le nom de Woglinde que tu lui as donné ?

– C'est une amie et puis je l'ai dessinée en couleurs.

– Tu dessines, toi ? Je ne te connaissais pas ce talent.

– Non, je dessine dans ma tête.

– Et Jean-Claude ? Tu lui as trouvé un nom ?

– Il sera Wotan, à cause de sa chevelure, et puis « Wotan, comme l'a dit Wagner, n'est pas créateur, mais organisateur d'un monde auquel il impose des lois que seule la force peut faire respecter ». Un chef d'orchestre n'est pas obligatoirement compositeur, mais il offre une vision que seul son talent arrive à révéler.

Le jeu des personnages se poursuit : Anne ne peut être que la douce Freia, et Krista, la jeune Allemande qui ne sait pas sourire est Flosshilde car Fasolt comme Alberich aimeraient trop glisser leur tête sous sa jupe... Les autres restent dans l'ombre.

Avant de me quitter, Fasolt arrache une dernière feuille du carnet qu'il garde toujours sur lui. Il a dessiné mon portrait : je suis appuyée sur les coudes, les yeux clos devant un bock de bière avec des pensées inscrites dans une bulle où l'on peut lire : « Comme je voudrais dormir ! » En face sont écrites celles d'une figurine, aux cheveux mi-longs portant de grosses lunettes rondes, qui lui ressemble étrangement : « Avec moi ? »

Je fais semblant de n'avoir rien remarqué. En gardant le silence, je domine la situation. Je ne satisferai pas son attente tant que nous n'aurons pas vécu l'un à côté de l'autre le « Réveil de Brünnhilde », *salut à toi soleil, salut à toi lumière,* quand elle se découvre femme par la grâce du héros qui la révèle à l'amour. Ressentir son émotion, voir si elle s'accorde avec la mienne est une obligation. Je brûle d'une rencontre qui ne ressemble à aucune autre, je refuse la pensée d'une banale aventure aux couleurs de l'été. Notre relation s'est construite à Bayreuth sur un pacte implicite : il est seul, moi aussi. Le temps d'une saison musicale il lui faut exister auprès d'une femme, et moi pendant ce temps, j'épouse sans aucun risque les rondes émotionnelles de l'Anneau : je lui présente chaque heure un visage différent, je ne chante pas « les airs », je dis « les scènes », je m'amuse, il rit, personne n'est dupe. Le plateau est notre complice dans cette double représentation mais huit rangs d'orchestre nous séparent encore.

Depuis cette visite dans la cathédrale où sa soif de l'art m'a ébranlée, j'éprouve une ardeur qui n'est plus seulement de l'ordre du théâtre. Il n'a pas cherché à me séduire, il m'a offert son ivresse en oubliant ma présence. C'est justement cela qui m'a bouleversée. Partager à côté de lui sa fièvre de l'opéra devient à présent impératif. Je veux en connaître le vertige, entendre l'accélération des battements de son cœur, découvrir sur mon cou la chaleur de son souffle. Je tremble toutefois à l'idée de ne pouvoir contrôler cette effusion de plénitude. Je la recherche plus que tout et redoute en même temps de la voir s'éteindre à la fin du spectacle. À cette pensée je suis comme chancelante, une étrange lassitude pèse sur moi.

Il est rentré à Bayreuth avec Charles sans moi dans une ville que je devine paisible les soirs de relâche. La transparence du ciel a la teinte d'une pause, douce et un peu triste comme une sieste vide.

Arrivée à la pension Daünner je me jette sur mon lit, fermant les yeux pour fixer les moments de cette journée. Si Fasolt visite une cathédrale comme il me l'a répété un crayon à la main, pour moi c'est différent. Je dois me forger des images avant de trouver les mots. Ma plume est un pinceau qui choisit la couleur et la texture susceptibles de raconter l'histoire, celle de l'Anneau, notre Anneau : il me l'a offert en me conduisant dans la cathédrale au plus profond de son regard.

Depuis le début de l'après-midi, la campagne exhale une humidité amplifiée par la pluie qui frappe la vitre de ma chambre à intervalles réguliers. Le temps s'écoule entre chaque goutte d'eau de manière diversifiée comme si la pluie recherchait une sonorité qui pourrait s'inscrire dans une partition musicale. À Bayreuth, même la nature semble marquée par la musique de Wagner. Seule sur mon lit, la fenêtre ouverte sur la forêt, je ne suis que tendresse, habitée tant par les premiers leitmotive de *la Tétralogie* que par la sensuelle essence des pins. L'eau, le vent continuent de jouer leur petite sonate. Je pense à Proust qui aime transposer les bruits du monde en métaphores musicales rejoignant par là-même Wagner. Il est vrai que ces deux créateurs provoquent chez ceux qui les vénèrent une identique passion ou un rejet poussé à l'extrême. Ce n'est plus seulement la représentation des passions humaines qu'ils décrivent mais l'affirmation d'un monde créé par l'homme pour vaincre son destin.

Avec Fasolt, c'est la première fois de ma vie que je rencontre un homme qui bouscule si brutalement ma façon d'observer les choses. Je croyais que l'art se suffisait à lui-même pour me toucher au plus profond de moi-même, et pourtant… cette émotion restait très cérébrale, j'arrivais à la contrôler, je ne lâchais pas véritablement prise. La seule personne avec qui j'ai connu un partage fusionnel reste mon grand-père. Je me laissais aller, la musique remplaçait toutes les paroles du monde. Une fusion que je n'ai jamais retrouvée avant d'éprouver un profond bouleversement quand Fasolt m'a fait vivre sa passion de l'art. Et pourtant, tout est différent. J'ai perdu cette sensibilité animale que possèdent les très jeunes enfants, ils n'érigent aucune barrière entre eux et le monde. Aujourd'hui mon cœur n'est plus vierge, je découvre tout à coup dans le visage qu'il m'offre un vertige semblable à celui ressenti quand on s'envole dans ses rêves.

Dans la cathédrale, j'ai deviné la montée de son désir face au ventre offert de la Synagogue, mon corps s'est mis à vibrer. Le fouet qu'elle tient de sa main droite a brisé mes chaînes, il est un véritable appel à la possession. Bien que j'aie refusé de partager sa nuit, c'est sa fascination exprimée pour cette femme en pierre qui a fait tomber mes dernières défenses.

Ayant perdu tout contrôle de moi-même, j'ai pris la place de la Synagogue. J'attends ses baisers. Il est là partout. Je ne peux trouver le sommeil. Il a sans doute compris combien il me troublait ou peut-être a-t-il reconnu dans mon attitude hésitante la tentation de lui céder. Je ne sais pas si j'ai rêvé cette journée, si c'est vraiment moi qui l'ai accompagné dans la cathédrale. Je n'ai plus besoin de me cacher derrière un personnage pour accepter mes émotions, je les vis sans filtre. Il en est de même pour lui. L'esthète a retiré sa parure. Nous ne sommes plus en représentation. Je le vois dans sa vérité toute nue, ni intellectuel, ni séducteur mais un homme qui tremble devant la beauté, un homme qui se raconte tel qu'il est, qui m'entraîne avec lui dans son éblouissement. Plus rien n'existe …

Je suis envahie d'une substance inconnue qui altère ma manière de penser. Je prends alors la première page du livret de cette deuxième Journée et me mets à la savourer comme un fruit bientôt mûr.

Prestissimo ma non troppo

Mercredi 23 août

La Fanfare sonne l'Appel quand j'emprunte le chemin entouré de verdure qui monte au Festspiel. Le soleil recouvre le théâtre d'une teinte orangée qui fait ressortir le bleu de ses immenses fenêtres encadrées par des colonnes d'où scintille la lumière des cors. La foule se précipite. C'est l'heure. Restent les badauds qui ne peuvent acquérir les places qui donnent accès au paradis ; pour unique spectacle, ils s'offrent l'arrivée des privilégiés dont ils ne partageront jamais la quête. Peut-être s'amusent-ils à comparer les tenues vestimentaires ou préfèrent-ils goûter le son de la Fanfare ? Elle leur donne l'illusion de vivre un instant le plaisir qui leur est refusé.

N'apercevant pas Fasolt à l'entrée, je rejoins Karl que je n'ai pas vu depuis le dernier spectacle et reste debout à ses côtés. Jetant un regard circulaire, je l'aperçois près de Charles au huitième rang. Et comme pour me donner une contenance, je passe très lentement sur mes lèvres une mèche de cheveux que j'ai enroulée autour de mes doigts. Ce geste maladroit protège ma bouche du baiser que je brûle de lui offrir.

Au lever du rideau de cette deuxième Journée, je reconnais le thème de La Réflexion évoquant la ruse de Mime esquissée dans *L'Or du Rhin*. Il forge l'épée qu'il tente d'achever pour Siegfried. Je ferme à nouveau les yeux, aspirée par les leitmotive qui éclatent successivement dans un lyrisme débordant. La dizaine de rangs qui me séparent de Fasolt se sont effacés. J'entends son souffle traverser l'air.

Bayreuth me fait penser à une cathédrale où des fidèles vont apprendre des vérités sur la condition humaine : l'argent et les mécanismes du pouvoir, l'amour avec son lot de ruse, de mensonge et de dissimulation, mais aussi de générosité et de détresse et, pour terminer, la fin des dieux assimilée à la révolution, quand Dieu est mort et que tout est permis : « j'ai voulu changer la société, disait Wagner, elle m'a résisté, je l'analyse. »

À mon tour, je m'efforce d'analyser mon attirance pour Fasolt. Est-ce vraiment lui qui m'attire ? Je m'interroge sur les circonstances qui permettraient à n'importe quel autre homme amoureux de Wagner de m'ouvrir l'espace de tous les possibles.

Le motif bondissant et impétueux du Cor de Siegfried, mêlé à celui de l'Épée, me ramène au réel :

Notung ! Notung !	Notung ! Notung !
Neidliches Schwert !	Désirable épée !
Jetzt haftest du wieder im Heft.	On peut à nouveau t'empoigner
Warst du entzwei,	Cassée en deux,
ich zwang dich zu ganz ;	je t'ai faite entière ;
kein Schlag soll nun dich mehr zerschlagen.	nul coup ne doit plus te briser.

Ma ferveur égale celle de Siegfried qui me renvoie à la fraîcheur et à l'innocence de mon enfance. Il m'entraîne dans sa joie, son rire devient le mien. Je sais qu'il me conduira au deuxième acte dans les profondeurs de la forêt, dans ce lieu indéfini, sans conflits où je trouverai la plénitude et la sérénité. Je céderai aux appels amoureux de la musique, là où l'on apprend à dialoguer avec les oiseaux. Je suis heureuse. Je ne me pose plus de questions. Tout reprend une couleur naturelle. Je retrouve mon droit de rire.

À la fin de l'acte j'attends que tout le monde soit sorti pour rejoindre les jardins. J'ai particulièrement soigné ma tenue qui peut paraître quelque peu extravagante. Une jupe lourde de serge noir dont le bas est brodé de grosses roses rouges entourées de feuilles vert cru, tombe sur mes chevilles. La jupe est si ample qu'une dizaine d'Alberich pourrait sous son poids y trouver refuge. Un caraco de la même teinte que les fleurs, lacé sur ma poitrine nue, laisse deviner une taille très fine qui met en valeur mes hanches. J'ai glissé mes pieds hâlés dans des ballerines de satin rouge. Pour seuls bijoux, de longues boucles d'oreille en perle noire font ressortir la blondeur de mon visage.

Fasolt est là, une coupe de champagne à la main. Il s'avance vers moi :

– Tu es très belle mais tu t'es trompée de spectacle, tu ne ressembles pas à une Walkyrie mais à une Carmensita !

– Je n'allais tout de même pas me coiffer d'un casque et me couvrir d'une armure !

Comme s'il avait toujours su que je le rejoindrais à l'entracte, il me tend sa coupe. Je retarde le moment de boire. Je me demande s'il a déjà trempé ses lèvres, donnant ainsi au contenu du verre le secret d'un parfum qui me lierait à lui. Mon visage prend alors l'immensité d'un sourire. Je l'entraîne vers les autres que je perçois sous un œil différent. Ont-ils changé ou est-ce moi-même qui aie peur à présent de leur regard ? Qu'ils puissent déceler mon trouble quand Fasolt me regarde m'est insoutenable. À quel charme suis-je en train de succomber ? À celui de Wagner dont je lis les mythes comme une partition ? À celui de Fasolt qui incarne à mes yeux la quintessence de l'art ? Pourrions-nous nous désirer à Salzburg ou à Édimbourg plutôt qu'à Bayreuth ?

Dans ce lieu conçu par Wagner pour Wagner, où nous sommes transfigurés par la musique, mon corps chante au rythme des vibrations amplifiées par la direction de Boulez. Je voudrais me dissimuler dans la tête de Fasolt, savoir s'il éprouve cet état particulier qui ressemble à l'amour. Curieusement, c'est dans le silence de la cathédrale que j'ai connu cette sensation de ne former qu'un seul corps avec lui. Ici, la passion de l'opéra nous rapproche mais elle nous fait aussi courir le risque de nous perdre, de nous laisser en apesanteur, pris chacun dans les mailles d'un filet qui n'aurait pas la même hauteur.

Retentit alors la Fanfare annonçant la fin de l'entracte, sorte de rappel à l'ordre permettant à chacun de préparer son oreille pour mieux percevoir la suite. Il me faut écouter les deux derniers actes tout près de lui.

— Viens t'asseoir à côté de moi.

Ce n'était plus une demande, mais une injonction.
– C'est impossible, il n'y a pas de place libre.
– Si, je vais demander à mon voisin d'échanger sa place avec la tienne.
– C'est qui ton voisin ? Tu le connais ?
– Bien sûr, il m'attendait à Heidelberg.
– Tu couches avec lui ?
Je m'aperçois que Fasolt n'a pas utilisé le verbe dormir.
– Mais non, tu es fou, c'est Karl, un ami, je l'ai connu pendant ses études à Paris.
Sa question m'a surprise et comblée de joie. Quant au jeune Allemand, il ne s'est pas fait prier. Il se retrouve au huitième rang et remercie Fasolt de lui avoir permis d'être mieux placé. Je regarde ma montre : il est exactement dix-huit heures et dix-sept minutes.
Le temps s'est arrêté.

Des quatre ouvrages qui forment *le Ring*, *Siegfried* est selon Boulez le seul qui exige de l'orchestre autant de virtuosité. Cette extraordinaire technicité rompt le charme que j'ai connu précédemment. Je dois attendre un certain temps avant d'être envoûtée par l'enchantement des Murmures de la forêt émis dans une immobilité tonale, un frémissement de cordes sur lequel va se détacher le chant de l'oiseau. C'est un véritable oiseau enfermé dans une cage, mise sur scène par Chéreau. Et l'on espère que la porte va s'ouvrir et lui permettre de s'enfuir. Fasolt jubile devant cette audace : un oiseau qui sautille dans une cage, que veut-il faire savoir ? « On a mis la musique en cage. On a mis la révélation en cage », ne cesse-t-il de répéter. Je sens sa main trembler dans la mienne au rythme des arbres de la forêt dont j'entends presque le bruissement du feuillage.

À la fin de l'entracte suivant, quand résonne le dernier Appel avec le thème de Siegfried gardien de l'Épée, je retarde l'instant de regagner ma place à côté de lui ; il est vrai que Wagner a attendu douze ans entre la composition des deux derniers actes de *Siegfried*. Volupté de l'attente, mais difficile à soutenir entre l'apparition de Brünnhilde allongée sur son rocher encerclé par le feu et le baiser qui la réveillera. Je m'identifie à elle, je suis prisonnière d'une flamme, mais c'est moi qui l'ai attisée pour me protéger de tous ceux qui se risqueraient à l'éteindre. Fiévreusement, quelque chose s'éveille en moi. Mon souffle se mêle à celui de Fasolt, j'écoute avec une telle attention que mes oreilles bourdonnent. Je n'ai pas besoin de le toucher pour deviner ce qu'il peut éprouver : il me semble déchiffrer la partition qu'il dessine dans sa tête avec des mots que je retrouverai dans son prochain roman.

Je ne veux pas pleurer devant lui. Et pourtant des larmes couvrent mon visage, différentes de celles que je n'ai pu retenir au dernier acte de *La Walkyrie*. Elles sont un sourire au creux de ma paupière. Leur saveur prend celle de ses lèvres, des gouttes de bonheur tombent de mes yeux. Je suis entraînée malgré moi dans un couloir sans fin qui m'emporte au Walhalla. Heureusement l'obscurité me protège des regards. À l'éblouissement des flammes succède pour Siegfried – et, subitement, pour moi – la découverte d'un amour dont je n'ai jamais connu la saveur. Le rouge est partout : embrasement des corps de chaque amant, lumière qui occulte le silence et l'obscurité, stupéfaction si forte chez Siegfried qu'elle se traduit par un acte inattendu sur la scène d'un opéra : une *galipette* de joie. La musique devenue tour à tour fleuve et flammes coule dans nos têtes, tissant et dénouant à notre insu des liens indéfectibles. Tout se passe comme si Wagner avait glissé dans la coupe que nous avons partagée un philtre magique, accomplissant ainsi son dessein d'amour universel : « atteindre par la musique l'essence même de l'Univers. »

– Viens avec moi, me souffle Fasolt à la sortie du théâtre.
– Où veux-tu aller ?
Il reste silencieux. Il part chercher la vieille Volvo qu'il vient de récupérer. Il ouvre la portière et me demande de m'asseoir près de lui. Avant de prendre le volant, il sort son carnet et me tend un croquis : Siegfried aux cheveux mi-longs porte les mêmes grosses lunettes que lui ; il brandit une épée devant un public dessiné de dos en clamant : « Heilige Schwert ! » À ses pieds, Brünnhilde, les seins nus, le corps revêtu de la même jupe que moi relevée sur les cuisses, répond : « Ah ! Siegfried, descends un peu de ton roc ! » C'est signé : « Pour toi, de la part de Fasolt. »

Il démarre très lentement. Le Waldhotel où il réside est situé près de l'Ermitage à quatre kilomètres de Bayreuth. Pour y accéder, il faut traverser une épaisse forêt de pins. Il est près de 22 heures et le froid commence à se faire sentir. Avec l'arrivée de l'automne, le sol se recouvre d'un tapis de feuilles roussies. La fin de l'été ravive la nostalgie de l'enfance qui précède la rentrée marquée par l'odeur de l'encre, époque où nous écrivions avec des porte-plume rangés dans des coffrets en bois.

La nuit est tombée. La nature chante lorsque la voiture s'arrête au sommet d'une colline. L'hôtel est là : une bâtisse blanche à dimension humaine, dissimulée dans un parc entièrement boisé où nous attend une statue de femme qui n'a pas les yeux voilés.

– On se croirait dans les Ardennes belges, lui dis-je à voix basse.

– *J'aime l'odeur du matin mouillé et la perle de gelée blanche à chaque brin d'herbe...* me souffle-t-il.

Il caresse mes cheveux et, pour que nos respirations s'unissent dans le silence, me recouvre la bouche de ses lèvres. Pour accéder à sa chambre, il faut gravir un escalier de pierre orné d'une rampe en fer forgé. Elle ressemble à un boudoir du XVIIIème siècle : un immense lit recouvert d'un édredon nous tend les bras, une baie vitrée entourée de rideaux roses s'ouvre sur la forêt. Je retire mes ballerines pour sentir sous mes pieds la douceur de la moquette qui a la couleur de ses yeux.

– Sers-toi à boire, j'arrive tout de suite.

Il a retiré son smoking blanc pour revêtir un peignoir de velours fermé par une large ceinture. Il vient vers moi, il prend le verre que je me suis versé, il en boit quelques gouttes. Il me demande si j'ai faim.

Comme la forêt, je reste muette. Seule l'odeur des pins comble le silence. Fasolt comprend qu'il doit dire quelque chose :

– Tu veux connaître le nom que je te donnerai : pour moi, tu es Waltraute.

– Waltraute, la sœur de Brünnhilde ? Pourquoi ?

– Parmi les Walkyries, j'ai une prédilection pour Waltraute dont la tendresse brave la colère de Wotan pour rejoindre Brünnhilde. Elle essaie de sauver la race des dieux. Je suis terriblement sensible à sa voix dans *Le Crépuscule*, nous l'écouterons bientôt ensemble et tu comprendras.

– Oui, mais Fasolt est mort quand apparaît Waltraute. Comment veux-tu qu'il puisse lui donner un baiser ?

– Ce n'est pas grave, c'est un opéra. À nous d'écrire une quatrième Journée. Fasolt n'a pas conservé l'Or puisqu'il lui a été dérobé par Fafner. Il peut parfaitement être considéré comme un des héros ramenés par Waltraute au Walhalla. Tu vois, tout est possible. Il m'entoure de ses bras, me dépose sur le lit et doucement, très doucement, dénoue le lacet qui emprisonne ma poitrine. Le désir a libéré mes seins qui commencent à s'envoler. Je me demande si Fasolt entend comme moi l'oiseau chanter sous nos fenêtres, faisant résonner dans la chambre les pages orchestrales du Prélude du troisième acte de *Siegfried*.

Je revis un rêve que j'ai fait il y a quelques années quand j'étais attachée de presse de l'Orchestre National : Radio France avait invité un chef roumain qui exerçait sur l'ensemble des musiciens une fascination redoutable. Il commençait la répétition d'une œuvre qui aurait pu correspondre au troisième acte de *Siegfried* quand son regard s'était posé sur moi et avait exigé que je m'installe au pupitre des harpes. L'angoisse m'avait saisie car je ne savais pas jouer de cet instrument.

– C'est sans importance, avait-il ajouté, vous devez simplement lire ce qui est écrit.

Mais après avoir rejoint la place que je devais prendre, je découvrais une partition écrite dans une clé qui n'existait pas.

– Je n'arrive pas à lire, osai-je prononcer.

Ces mots ne reçurent qu'une réponse courroucée :

– Taisez-vous, je ne vous ai pas demandé de parler mais de jouer.

Prenant la harpe à bras-le-corps je me mis à pincer une corde dès que le chef tendit sa baguette en ma direction et me sentis aussitôt aspirée par une spirale de sons surnaturels qui m'encerclaient de manière éblouissante.

Le rêve se reproduit alors comme un leitmotiv qui ne m'aurait jamais quittée. Fasolt s'est recouvert du heaume magique que Siegfried revêt au deuxième acte du *Crépuscule des dieux* pour changer d'apparence. Mon Géant ne possède plus deux mains mais des centaines de doigts qui se mêlent aux harpes de l'orchestre, initiant ainsi un long crescendo où les bouches se cherchent, les langues s'apprivoisent dans une soif d'épandre et de posséder à l'infini. À chaque note une caresse, parfois perlée, parfois d'une violence acérée. Nos corps se sont démultipliés, nos mains se confondent à chaque frôlement de peau. Ses doigts dessinent mon visage, son haleine me réchauffe. Il aspire longuement mes lèvres. Son torse inonde ma poitrine, sa peau me fait revisiter les images devant lesquelles nous avons abandonné nos postures en perçant les mystères de la cathédrale ou en longeant le Main rouge balayé par un vent tiède et humide. Chaque perle de sueur se transforme en note de musique, vertige des sens qui se mettent à chanter. Les sons émis par le chant des harpes se transforment en un anneau qui m'encercle, m'attache, me ligote. Fasolt s'enroule autour de moi, humant l'odeur que mon visage a gardée de la statue de la Synagogue. J'ai soudain les yeux bandés et mes seins gonflés par le désir prennent la dureté de la pierre. Il les serre si fort que je me mets à crier. Son corps se contracte, puis se relâche brutalement. Nous restons un instant immobiles, scellés, imbriqués, le temps de retrouver l'apaisement d'après l'amour. J'entends des accords en arpège qui n'en finissent pas de glisser.

Il m'a demandé de partager sa nuit. J'ai envie de connaître avec lui la tendresse du réveil, écarter les rideaux pour apercevoir les premiers rayons de lumière éclairer la forêt. Il me plaît d'imaginer qu'en me découvrant allongée près de lui il éprouverait un émerveillement semblable au mien quand, un matin, j'ai vu le soleil se lever sur le Nil. Il arracherait mon corps à la nuit, mon ventre émergerait du sien, tel un astre qui surgit d'un fleuve endormi.

Je soulève sa main, elle retombe comme si elle ne lui appartenait plus, avec une lourdeur molle, identique à celle des Géants quand ils se déplacent sur scène lors du Prologue de *L'Or du Rhin*. Nous sommes redevenus un homme et une femme qui répondent à leurs ardeurs sans avoir besoin de recourir à la musique de Wagner.

Fasolt connaît en fait peu de chose de moi. Nos échanges à Paris n'ont jamais porté sur des sujets personnels. Ils se sont toujours limités à commenter la vie artistique de la capitale. C'est souvent le cas dans l'univers que nous fréquentons. En le regardant dormir, je découvre une intimité qui rend à sa personne toute son humanité. Il n'est plus l'homme volage et surdoué à qui tout réussit et qui m'a prodigieusement agacée quand je l'ai côtoyé à la maison de la Radio, mais un être passionné dont j'ai découvert dans la cathédrale le feu intérieur jaillissant de ses lèvres. Il est ce poète qui connaît par cœur ce texte de Julien Gracq qui me touche tellement : *l'odeur du matin mouillé et la perle de gelée blanche à chaque brin d'herbe*, et pour qui les gestes de l'amour et ceux de la plume sur une feuille blanche sont les seuls à compter.

Je veux être la première à le tirer du sommeil, lui retirer ce masque d'homme pressé, jamais rassasié, qui m'est insupportable. J'ai savouré le parfum de son corps qui s'est abandonné en triomphant de mes défenses. Je n'ai jamais connu ce genre d'attirance pour un homme. Je m'aperçois que ce sont ses faiblesses qui m'ont le plus touchée. Nous sommes sortis du jeu qu'il nous avait plu de tenir l'un et l'autre. J'en ai éprouvé une certaine satisfaction tout en redoutant d'en connaître le manque, une fois la saison terminée. J'ignore si je saurai provoquer chez lui l'envie de regarder une femme pour elle-même et non pour se rassurer ou combler un vide momentané. En acceptant de dormir avec lui, je l'ai vu sans fard. C'est lui qui s'est révélé à moi et non le contraire ; mais, subitement, je suis reprise par mes démons. Envahie par une peur panique, je crains que le réveil ne brise la magie de la nuit partagée, que ma présence ne devienne au matin quelque peu encombrante. Je préfère partir sans bruit, espérant qu'il me regrette.

Largo con moto

Jeudi 24 août

EN FIN D'APRÈS-MIDI, le lendemain, je me rends au rendez-vous qu'il m'avait fixé dans les jardins de l'Ermitage pour le dernier jour avant *Le Crépuscule des dieux*. La promenade dans ce parc où bruissent les jeux d'eau à l'abri de l'agitation fait partie du rituel des *journées sans*.

Je chemine jusqu'au fond du jardin où se trouve le château qui était la résidence d'été de la margravine de Bayreuth, Frédérique Sophie Wilhelmine de Prusse. Le parc, dessiné à l'anglaise où se mêlent la fantaisie et l'inattendu, est tout imprégné de son âme. Je me suis intéressée à la vie de cette femme, victime dans son enfance de la violence d'un père et de l'indifférence d'une mère. Elle a réussi par son amour de l'art à donner un sens à sa vie, faisant de Bayreuth une des villes les plus brillantes d'Europe. Érudite et grande musicienne, c'est là qu'elle écrivit ses mémoires.

Habitée par son histoire, je regarde des milliers d'oiseaux voleter entre fontaines, cascades et pergolas. Ils brisent de leurs mélodies le silence de la journée. Un vent tiède presque chaud a nettoyé le ciel dont le bleu colore le mouvement vertical des cascades. Ce jardin me coupe du monde extérieur : j'attends Fasolt tout en craignant de ne pas le voir venir. Il n'y a plus le son des Fanfares pour lui rappeler ce rendez-vous. Dans le jardin, la musique est absente et je me demande si le philtre que nous avons partagé la veille en écoutant *Siegfried* de manière gémellaire gardera le même pouvoir. Je me suis assise au bord d'un bassin d'où gicle de la gueule béante des sculptures un nombre infini de jets d'eau circulaires qui dessinent en retombant des tapis de fleurs blanches. Les poissons font l'amour, leurs écailles de pierre se frôlent, on dirait qu'ils s'envolent.

Soudain, je l'aperçois devant moi, indécis, un sac de toile brune en bandoulière d'où s'échappent des crayons de toutes tailles et de toutes couleurs. Il avance lentement comme s'il ne m'avait pas vue. Son appareil photo fixe avec insolence les soubresauts d'un soleil qui ne paraît pas le troubler. J'observe son œil peuplé d'images qui met le monde en mouvement, un monde dont les contours me sont inconnus. Son narcissisme quelque peu enfantin m'attire tout en suscitant chez moi une peur irraisonnée. Il me renvoie à mes propres faiblesses quand j'aime séduire mes partenaires sans jamais souffrir de dépendance. Les similitudes qui nous rapprochent m'apparaissent soudain, mais elles me déplaisent également. Je ne veux pas tomber amoureuse de mon miroir et me noyer dans son regard en désirant le retenir. Je déteste l'angoisse qui s'est emparée de moi quand il a tardé à venir me rejoindre. Et pourtant, en venant m'asseoir à côté de lui pendant la représentation de *Siegfried*, j'ai instauré une relation de couple d'une banalité affligeante, faisant resurgir ce lien conjugal dont je m'étais exilée.

Dans les jardins, commence la frénésie fébrile des insectes qui sentent tomber le soir.

– Trempe-toi nue dans la fontaine que je te photographie, me crie-t-il comme s'il venait de prendre conscience de ma présence.

– Ne dis pas cela, je suis capable de le faire.

Je relève mon fourreau de soie blanche, puis retire un escarpin pour faire glisser lentement des gouttes d'eau sur ma cheville. Je commence à dégrafer le dos de ma robe quand son souffle parcourt mon épaule :

– Arrête, tu es folle !

Non, je ne suis pas folle. Dans ce parc où tous les hommes ont les yeux bleus, où les femmes possèdent « les pommes d'or », où les enfants jouent avec « Notung », la transgression est ici, pour moi, un acte poétique. Je suis déçue qu'il refuse de la partager. Je l'observe immortaliser la couleur des cailloux, les arabesques des cascades, l'envol d'un papillon, curieuse de connaître ce qu'il cherche à retenir. Les photos qu'il prend seront-elles le point de départ de son prochain roman où j'incarnerais l'un de ses personnages ? Photos à écrire ou à décrire d'où pourront naître des pages couvertes de lettres semblables à des notes de musique. Personne mieux que lui ne sait faire chanter les voyelles.

Retrouvera-t-on sur sa pellicule le tableau de Botticelli qu'il me dit avoir tant aimé au Musée des Offices à Florence : Aphrodite, déesse de l'amour, née de l'écume et des restes d'Ouranos tombés à la mer, enlevant délicatement de sa main gauche l'eau de sa longue chevelure ? Tout est possible avec lui, il ne m'a pas photographiée nue dans la fontaine avec des cheveux ruisselant d'eau et pourtant je ne serais pas surprise de me retrouver sur sa pellicule par le miracle de sa pensée.

Je ne sais plus si Fasolt est encore un géant, un romancier ou un photographe dont la caméra aurait formé un écran entre lui et moi. Je n'arrive pas à percer son regard perdu dans l'objectif et me trouve subitement face à un inconnu dont je ne peux déchiffrer la pensée. La magie de l'opéra s'est évanouie, nous avons perdu toute complicité. Nous ne sommes plus dans la cathédrale où je pensais que ma présence pouvait décupler sa fascination pour l'art, ni dans la forêt où nous entendions le chant de l'oiseau même quand il se taisait. Je suis transportée dans un monde où le silence a remplacé le chant, où le réel a éclipsé le rêve dans un théâtre d'ombres qui donne à la conscience une acuité particulière. Je ne peux plus à présent me mentir à moi-même. Tout se passe comme si le philtre avait cessé de produire son effet. Je me retrouve dans la situation d'une femme amoureuse qui prend conscience que l'autre ne répond pas à son attente. Je vis une situation que beaucoup de femmes connaissent. Je pensais pouvoir y échapper. Ai-je trop présumé de mon charme ? En refusant de l'appeler par son prénom, j'ai délibérément faussé la relation. Je ne dois m'en prendre qu'à moi-même puisque j'en suis seule responsable. Qu'en attendais-je en fait ? Je me perds en contradictions, je m'aperçois que ce genre d'homme n'a qu'une seule maîtresse, déesse ou muse à trois visages qui se nomme Erato, Euterpe ou Astarté. Je ne peux rivaliser avec aucune d'entre elles.

Il commence à faire froid, l'herbe s'assombrit, le soleil pâlit. Fasolt poursuit ses prises de vue au huitième de seconde. Seul le petit bruit de son appareil photo brise le silence du jardin dont nous restons les uniques visiteurs. Que recherche-t-il en voulant retenir encore une ombre, un instant ? Je n'apparais pas sur sa pellicule. Il ne sera pas possible de rester dans sa mémoire s'il ne garde aucune image de moi. L'indifférence du photographe a supplanté le romancier dont je croyais avoir deviné la générosité quand il m'avait dit la veille souhaiter « Qu'on se mette à cent pour écrire mille romans qui auraient cent mille pages ? »

Fasolt s'arrête de photographier. Il sort une feuille fixée sur une planche de bois et jette des mots que lui dictent les images recueillies dans son appareil toujours suspendu à son cou. Je contemple son visage protégé par des lunettes à grosse monture d'écaille noire qu'il ne quitte jamais. Il revise le capuchon de son Montblanc et m'exhorte à le suivre pour continuer le rituel de la *journée sans*. Il souhaite visiter avant qu'il ne soit trop tard la villa Wahnfried transformée en musée. Winifred, la mère de Wieland et Wolfgang y a rassemblé photos, images, partitions et souvenirs de son beau-père. Cette proposition ne m'enthousiasme guère. J'ai envie d'être seule avec lui, sans son appareil photo, sans Wagner dont il me faut oublier l'œuvre pour conserver la beauté et le silence de l'Ermitage. Je ne veux pas me mêler aux visiteurs qui se pâment sur la pierre tombale de Richard et Cosima, située dans le parc de la villa. Parler à Winifred dont tout le monde connaît l'admiration qu'elle a portée à Hitler, m'est soudain devenu insupportable.

Il semble déçu que je ne l'accompagne pas. Il m'annonce que nous ne pourrons passer la nuit ensemble : il doit se rendre à Nuremberg pour un rendez-vous professionnel. Je lui demande de me laisser au centre de Bayreuth. On se retrouvera le lendemain pour vivre la dernière Journée du *Ring*. C'est alors qu'il sort de son sac une photo d'un portrait d'Ellen Terry, actrice anglaise peinte par George Frederic Watts, dont le visage s'enivre d'églantines rouge sang répandues sur sa chevelure. Il ne fait pas de dessin au dos de la carte mais écrit seulement ces lignes : « Ma Jolie, voilà les dames blondes qui nous font tant rêver. Merci de ne pas m'oublier. Les festivals se suivent et ne se ressemblent pas, mais, toi, tu ne ressembles à aucune autre. » Et il signe de son véritable prénom : Jean-Pierre, et non de celui de Fasolt ou de son pseudonyme en tant qu'auteur, exprimant en ces quelques lignes la générosité dont il a manqué dans le jardin.

Qu'il abandonne ses personnages me donne l'espoir que notre lien est possible en dehors de Bayreuth. Je ne peux cependant échapper au doute, le sentant un peu trop sûr de ce charme dont il joue avec une désarmante innocence.

Je serre fébrilement sa carte entre mes mains.

Nous arrivons au terme de ce *Ring*, accompagnant Wagner depuis une semaine dans son itinéraire spirituel, partageant ses interrogations, ses certitudes, ses enthousiasmes et ses doutes. Nous avons vécu au rythme du conflit tragique entre l'Or et l'amour, qui mène fatalement au crépuscule des dieux. Je vais relire le livret de cette dernière Journée, la plus complexe et la plus tragique de *la Tétralogie*. Elle met en scène un monde où les valeurs n'existent plus, où les affrontements semblent sans solution, où la brutalité est extrême, même si le combat entre l'amour et la puissance se résorbe en une enveloppante phase d'amour. Je me demande encore si Jean-Pierre continuera d'exister pour moi une fois le rideau tombé, si notre lien ne risque pas de se rompre avec la dernière réplique de Brünnhilde quand elle se jette dans les flammes :

Selig grüßt dich dein Weib !   Ta femme heureuse te salue !

Grave poco a poco

Vendredi 25 août

Ce vendredi 25 août, la Fanfare sonne l'Appel comme toujours à seize heures. Les spectateurs vont quitter la lumière dans laquelle ils se sont immergés pendant toute une semaine, reliés par une obscure complicité. Ils ont partagé la trahison de Brünnhilde, ils vont vivre la mort de Siegfried et connaître la fin des dieux qui se résorbe dans une ultime délivrance. Leurs visages semblent déjà porter les marques du *Crépuscule*, leurs regards ne portent plus la couleur de l'attente, la dernière page d'un chapitre est prête à se clore.

Pour ceux qui ne peuvent se résoudre à abandonner la scène jusqu'à l'été prochain, il reste la possibilité d'assister les jours suivants aux trois dernières représentations du Festival : *Le Vaisseau fantôme*, *Parsifal* et *Tannhäuser*. Puis, dès le mois de septembre, Bayreuth redeviendra cette petite ville de province aisée et tranquille qui abrite dans ses quartiers aristocratiques quelques hôtels particuliers et de jolies maisons bourgeoises. Seul le théâtre continuera de trôner en maître sur sa colline sacrée.

J'ai retrouvé Jean-Pierre juste avant l'Appel. Il n'est plus Fasolt, le Géant d'opéra. Il a retiré dans les jardins de l'Ermitage son costume de scène et n'a pas cherché à m'éblouir comme il aimait le faire dans la voiture qui nous ramenait à Bamberg ou dans la cathédrale. Il est devenu mon ami, mon frère, celui qui a réveillé mon cœur en brisant mon armure. Sa présence à mes côtés dégage une teinte particulière, une lumière semble le purifier, un sourire éclaire son visage. Je ne peux cependant m'empêcher de ressentir une certaine tristesse en le contemplant, mon cher amour secret.

Les femmes ont adapté leurs tenues : peu de couleurs claires, mais des robes sombres et discrètes, des chevelures qui visiblement n'ont pas reçu le dernier coup de peigne d'un coiffeur. Revêtue pour ma part d'une parure plus sobre comme si j'avais porté le deuil, je porte un chemisier gris foncé légèrement transparent, glissé dans une jupe imprimée de couleurs automnales.

Nous pénétrons dans le théâtre en silence. J'ai perdu de ma faconde. Je m'installe à côté de lui. À ce moment-là, je crois que c'est vraiment l'homme dont j'ai goûté le sommeil que je désire. Je tremble d'émotion. La musique qui n'a pas encore commencé ne m'est plus nécessaire pour que je me sente proche de lui, même si elle nous apporte ce « supplément d'âme » délicat à définir tant il se confond avec la mystique. Mes joues sont chaudes. Je ne sais pas si nous sommes à la fin ou au commencement d'un amour. Je contemple ses cheveux un peu trop longs pour caresser son cou, j'ai envie de les relever et d'y glisser mes doigts. Mon regard est tendu vers sa nuque, son prénom résonne dans ma tête, tel un leitmotiv obsédant.

Le Prélude orchestral, introduit dès le lever du rideau, dévoile le rocher des Walkyries plongé dans une semi-obscurité. On peut immédiatement identifier le thème du Réveil de Brünnhilde suivi par le mouvement ondulatoire du Rhin qui émane lentement des profondeurs de l'orchestre, comme si l'on assistait à la création du Monde. Apparaît une femme sans âge, surgie de nulle part, entièrement vêtue de noir, qui va chercher en la tirant par la main une autre femme. Et celle-ci la quitte aussitôt pour en rejoindre une troisième. Elles forment à elles trois les Nornes tisserandes, entrelaçant les fils du temps dans un enchevêtrement sans fin. Le rocher ressemble à une ville pétrifiée. Je vis à présent ce *Crépuscule* comme un roman racontant une histoire qui me rend triste. Je sens l'angoisse m'envahir à l'écoute de ces femmes. Elles ne savent plus où fixer la corde du destin pour éviter la catastrophe finale due au conflit tragique entre l'or et l'amour.

Tous les leitmotive qui se succèdent pour récapituler les journées précédentes m'attirent dans la spirale d'un fleuve sans fond. Je ne perçois plus la tendresse de Jean-Pierre à mes côtés. Je ressens la salle comme vidée de toute présence humaine. La souffrance de Brünnhilde a réveillé en moi des douleurs que je croyais refermées. Plus que la perte de l'amour, c'est la tromperie et le mensonge que je n'arrive pas à supporter car ils me renvoient à mon propre manque de discernement quand, parfois dans ma vie, j'ai accordé ma confiance à des êtres susceptibles de duplicité. J'ai pourtant la certitude que Jean-Pierre ne m'a pas menti quand il a éprouvé le désir de dormir avec moi. Même si, finalement, c'est davantage avec la musique que nous avons fait chacun l'amour. Je lui en suis reconnaissante. Un calme surprenant m'habite tout à coup, le calme de la mer quand les vagues se retirent et que l'ombre descend sur le sable endormi. Il m'a réconciliée avec lui-même quand j'ai compris que son don-juanisme cachait avant tout un amour inconditionnel pour la gent féminine. Aucune brutalité dans son désir de possession, mais une douceur surprenante dont l'intensité me bouleverse. Sa pensée ne me quittera jamais : je ne pourrai plus écouter *la Tétralogie* sans le sentir à mes côtés. C'est alors que, devinant l'émotion qui m'envahit, il me prend la main et me glisse à l'oreille : « Tu sais, Wagner nous parle par chaque note. »

Dans la deuxième scène du Prologue, la musique se métamorphose en un moment d'allégresse : on découvre sur ce rocher éclairé par la lumière du matin la présence de Brünnhilde et Siegfried, échange passionné entre les amants avant le drame annoncé par La Malédiction de l'anneau que Brünnhilde refusera de donner à sa sœur Waltraute. Quand elle s'approche pour supplier Brünnhilde de rendre l'anneau au Rhin, je comprends pourquoi Jean-Pierre m'a donné ce nom. Elle ne représente pas pour lui l'angoisse de celle qui sait ce que Brünnhilde risque en ne restituant pas l'Or, mais la tendresse qui veut préserver la paix en évitant le pire. Je caresse sa nuque et le vois tressaillir comme si j'avais touché là un point particulièrement sensible.

Une pause est nécessaire après ce premier acte dans un jeu où se confondent la mémoire et l'oubli. Le génie de Wagner a fait émerger chez moi des sentiments nouveaux. Je suis capable à présent de porter sur Jean-Pierre un regard plus simple. Je n'ai plus besoin de le revêtir d'un costume qu'il n'a pas forcément désiré porter. Cette armure dont je me suis parée, je l'en ai aussi recouvert quand je l'appelais Fasolt. Me laisser aller en me dégageant d'une forme de peur m'est facile à présent. Je renonce à contrôler l'avenir par une ouverture inconditionnelle à l'instant.

Arrivée dans les jardins, je regarde ma montre : il est presque dix-huit heures. La lumière s'efface lentement comme si elle voulait préparer le regard du public au dénouement du drame. La suite, je la connais, mais j'ai gardé cette âme d'enfant qui espère toujours qu'une fin heureuse changera l'issue des contes cruels.

Que la nature est belle ! La lumière prend une teinte brûlée qu'aucun vent ne vient troubler. Je m'éloigne de la foule pour savourer le silence avant le dernier Appel. J'ai voulu suspendre l'instant. Je sais que le crépuscule du jour conduit inexorablement à celui des dieux, mais surtout qu'il risque d'annoncer celui de notre amour. Nous n'avons pas cherché à mieux nous connaître mais à puiser en chacun de nous le mystère qui permet d'accéder à la beauté. Je me demande si la force qui nous a rapprochés n'est pas cette manière identique de ressentir et de vivre l'art. Mais est-ce suffisant ? La mémoire d'émotions partagées, aussi fusionnelles soient-elles, permet-elle d'établir un amour dans la durée ?

Je rejoins ma place. Jean-Pierre semble serein. Je contemple ses yeux, quelques ridules en forme d'étoile adoucissent son regard, ses cheveux blonds à la coupe enfantine éclairent son visage. Il me sourit, j'ai l'impression que je vois ses lèvres pour la première fois. Il doit s'en apercevoir car il me prend la main en murmurant : « Viens, nous allons nous envoler. » Il ne me regarde pas vraiment. Je me demande s'il sait qui est à côté de lui, s'il n'imagine pas une autre femme, une de celles qui l'a accompagné avant moi à Bayreuth. Pourquoi m'aurait-il alors demandé si j'étais seule si ce n'est pour combler un vide auquel il n'est pas habitué ?

Nous n'avons jamais évoqué notre passé, nous avions des prénoms d'opéra et c'est cela qui me plaisait : être différente des autres, ne pas figurer dans sa collection, celles dont j'avais lu les prénoms dans les dédicaces de ses livres, Odile, Olivia, Odette…

La musique me sort de la torpeur qui m'a enveloppée. Je ne sais pourquoi ces propos de Chéreau résonnent dans ma tête : « Le pessimisme de Wagner, c'est l'attitude du rebelle qui a trahi la rébellion. » Ayant toujours été rebelle, je me demande à qui s'applique ce trait de caractère. En acceptant difficilement la fin d'un rêve que je considère comme la transposition de l'art dans la vie, puis-je encore me considérer comme rebelle ? En choisissant de l'appeler par son prénom, après avoir reçu la carte qu'il avait signée ainsi dans les jardins de l'Ermitage, j'ai gagné en sagesse. J'ai accueilli la réalité en refusant de me réfugier dans l'imaginaire. J'ai accepté de l'aimer tel qu'il est sans utiliser le philtre de l'art ou de l'opéra. J'ai pris le risque de souffrir d'un vide inévitable à la fin de Bayreuth. Je n'arrive pas à savoir ce qu'il ressent. Il ne laisse rien paraître de ses intentions pour l'avenir.

Après le prélude orchestral du deuxième acte dont les graves sonnent de plus en plus menaçants, l'arrivée de Siegfried dans le palais des Gibichungen dégage une bouffée d'air pur. Je porte de la mansuétude à ce héros sans passé dont la capacité d'oubli est incommensurable. J'ai soudain envie de le réveiller comme j'ai désiré révéler Jean-Pierre à lui-même. Je veux préserver Siegfried de la malédiction de l'anneau et l'empêcher d'écraser de ses pieds la main de Brünnhilde pour le lui arracher. Moment insoutenable que Jean-Pierre choisit pour me saisir le bras. Mon pouls s'accélère. Tout se passe comme s'il voulait se synchroniser avec la détresse de Brünnhilde. La musique, d'une acuité incisive, fait surgir en moi des sentiments contrastés. Je ne sais plus si je peux encore me comparer à Waltraute, la femme qui symbolise l'amour sacré, que Fasolt a désirée ou si je suis simplement redevenue moi-même, une femme blonde qui l'a fait rêver quand il m'a murmuré pendant l'amour que je le faisais vivre dans une sublime euphorie.

Dès le début du Festival je me suis amusée à ressentir les émotions de chaque personnage sans être confrontée au principe de réalité. Tout cela restait dans le domaine de la fiction, je ne risquais pas de souffrir. Jean-Pierre a aimé ma façon de distribuer les rôles, que ce soit Woglinde à Edith, Wotan à Jean-Claude, ou Flosshilde à la jeune allemande dont il prétendait être tombé amoureux. Il a été complice en me donnant celui de Waltraute. Son choix rendait notre amour impossible puisque chez Wagner Fasolt est mort depuis longtemps quand Waltraute arrive sur la scène. Il eût fallu réécrire le livret. Nous aurions pu être Siegmund et Sieglinde ou Siegfried et Brünnhilde, mais pas Fasolt et Waltraute. Cela relevait de l'illusoire et, pour les puristes, de l'ordre du sacrilège. Je veux à présent accepter d'être telle que je suis, voir si je suis capable de vivre quelque chose de réel sans avoir besoin d'utiliser un quelconque artifice. Au théâtre, je pouvais me perdre en me dédoublant ; maintenant, je peux rassembler dans une même harmonie toutes les facettes de ma personnalité. Elles m'enrichissent d'émotions nouvelles. Leurs apparentes contradictions donnent à mon être toute sa sensibilité.

Il reste un acte : le rideau s'est levé sur le même décor que celui de *L'Or du Rhin*, transportant le public dans le monde souterrain d'avant la mort. Il est 20 h 47 exactement. J'ai conscience qu'il tombera définitivement dans une heure dix. Les attentes délicieuses des autres rendez-vous trouveront maintenant leur terme. La magie va se refermer pour moi comme pour tous les spectateurs avec la fin du *Crépuscule*.

Je vais devoir apprendre à vivre sans l'appel des Fanfares qui rythmaient mes pensées. Je n'aurai plus à chercher le regard de Jean-Pierre devant le Festspiel ou à entendre ses remarques inattendues devenues rapidement familières. J'aimerais pouvoir mourir comme Siegfried dans l'extase du regard intérieur quand il a retrouvé Brünnhilde. Je me complais dans cette confusion douce-amère : le baiser de Jean-Pierre au cœur de la forêt et celui de *Siegfried* sur son rocher entouré de flammes. La musique a occulté le décor ; seul demeure le leitmotiv de Siegfried répété quatre fois, suivi par celui de L'Enthousiasme amoureux avant que les timbales funèbres et le silence accompagnant sa mort soient scellés par le thème des Walsungen.

Je vis avec une force inouïe le crépuscule de notre lien, véritable anneau dont le fondement repose sur la musique de Wagner. Si l'œil écoute, il respire aussi cette architecture mélodique d'où naissent les ravissements qui conduisent à cette mélancolie précédant la fin. Saurai-je sortir intacte de ce *Ring* qui m'a touchée là où je me croyais invincible ? Il me faut du courage pour ne plus me protéger. Je prenais pour de la force ce qui n'était que de la frilosité ; mais à Bayreuth un intrus qui s'appelle Richard Wagner m'a révélée à moi-même en me permettant de répondre à l'amour sans penser à la chute. J'ai accepté l'étourdissante durée d'un instant sans retour. J'ai savouré le moment présent avec la même intensité qu'un voyageur quittant un paysage sublime qu'il ne reverra peut-être jamais.

Oui, il y a du feu partout, un feu envahissant que personne ne peut maîtriser : le feu sur le plateau où se consume la somptueuse façade du Walhalla, le feu dans la salle où le souffle du public déplace un air devenu à peine respirable, le feu sous mes paupières que des larmes n'arrivent pas à éteindre. Il n'y a plus de voix sauf l'ultime cri de Hagen : « Zurück vom Ring ! » (Ne touchez pas à l'anneau !)

Le rideau glisse comme un couperet. C'est le silence, un silence interminable. Le rompre serait lui faire injure. Et puis, subitement, la salle explose d'applaudissements. Rien ne peut arrêter une foule en délire. Elle pleure, hurle, tape des pieds et des mains, exulte, étreint tout ce qui l'entoure, ne veut ni ne peut partir. C'est d'une ampleur inouïe, une forme d'hypnose proche de la jouissance qui refuse d'affronter le désenchantement du réveil.

L'ovation dure plus de quarante-cinq minutes. Je me suis levée, transportée comme les autres, mais rassurée aussi de constater que je ne suis pas la seule à vouloir que durent ces rappels qui prolongent le miracle voulu quand Wagner écrit : « Elle a passé comme un souffle, la race des dieux… Le trésor de ma science sacrée, je le livre au monde : ce ne sont pas les biens, l'or ou les pompes divines, les maisons, les cours, le faste seigneurial ni les liens trompeurs des sombres traités, ni la dure loi des mœurs hypocrites, mais une seule chose qui dans les bons et les mauvais jours nous rend heureux : l'Amour ! »

La nuit tombe lentement, recouvrant pudiquement à leur sortie les visages de ceux qui ne peuvent contenir leur trouble. Jean-Pierre demeure silencieux. Il descend avec moi l'allée qui nous sépare du Festspiel, repoussant négligemment de ses pieds les premières feuilles que le vent a arrachées aux arbres. Il ne se retourne pas vers son palais bien-aimé qui a perdu son rayonnement depuis le départ du public. Restent quelques spectateurs incapables de quitter le « sanctuaire » vers lequel, pendant huit jours, leurs désirs ont convergé.

Je cherche un point où fixer mon regard, la tête encore chargée des images et des sons du tableau final dont il m'est impossible de me détacher : le retournement des Gibichungen, foule impressionnante qui fixe le public, prête à l'entraîner dans la folie mortifère de ce monde qui se détruit parce qu'il ne sait plus aimer, mais surtout foule accusatrice dont le regard semble lui reprocher son silence. Le spectateur devient alors complice du drame qui s'est déroulé devant lui. Le Walhalla s'est écroulé. Il ne reste plus rien.

Seule demeure cette pénétrante douleur que je n'arrive pas à définir, la prescience d'un manque avec lequel il faut apprendre à vivre. Jean-Pierre connaît ce que je ressens, cette petite mort après la jouissance d'un trop plein de beauté : je suis engloutie dans un flot d'harmonies contraires où se mêlent tous les thèmes repris par Wagner dans ce dernier acte avant que n'émerge, à l'issue de la scène finale, gigantesque, démesurée, le seul motif d'une signification lumineuse annoncée dès le troisième acte de *La Walkyrie*, celui de La Rédemption par l'amour.

– Je suis heureuse, lui soufflé-je pour cacher mon trouble.

Il m'enveloppe de son manteau et me serre contre lui avant de me faire monter dans sa voiture.

– Où veux-tu aller ? me demande-t-il.

– J'ai froid, je veux dormir.

– Avec moi ?

Il n'a exprimé aucun souhait, juste une question qui n'appelle pas de réponse. C'est mieux ainsi. La bulle s'est refermée sur le rocher en feu qui a emporté Brünnhilde. Semblable à un ange dans son immense robe blanche, elle

me rappelle sa Floria Tosca. Heureusement qu'il existe une autre issue à la perte de l'amour. Nous nous laisserons emporter par un flot de souvenirs qui n'ont rien de tragique. Nous les placerons dans l'asile secret de notre mémoire qui ne s'effacera pas et une morsure au cœur qui nous réveillera la nuit.
– Reconduis-moi, il est tard, je me lève tôt demain.
Il n'insiste pas :
– Je te conduirai là-bas.
Ce là-bas prend une connotation particulière aux possibles infinis :
Là-bas,
Loin,
Au-delà de Bamberg. Y arrivera-t-on un jour ?
Là-bas, là-bas dans la montagne aurait chanté Carmen,
Là-bas, là-bas, si tu m'aimais,
Là-bas, là-bas, tu me suivrais…

La nuit, tout se ressemble. Même les pins peuvent se confondre avec la montagne. Les oiseaux se sont tus, effrayés par le silence des feuillages qui ne laissent deviner que quelques gouttes de pluie ancienne.
Je ferme les yeux. Je sens le souffle du vent.
Nous avons le temps de respirer l'air de la forêt. La nuit nous appartient.
Le ciel est épais, occulté par des nuages aux couleurs confuses. L'air est doux comme une dernière tendresse avant l'adieu, un adieu sans étoiles, fait de sons reprenant tous les leitmotive de la semaine.

– Tu te souviens de notre jeu avec les autres ? Chante-moi le motif de La Fuite, lui demandé-je.
– Non, je préfère La Trahison par la magie.
– Tu n'es vraiment pas drôle, je préfère Siegfried, trésor du monde.

Il immobilise la voiture et, pour m'empêcher de parler, m'embrasse longuement. Il semble triste, mais ne veut rien laisser paraître. Le désir monte en moi comme le feu qui a embrasé le palais des dieux et pourtant la seule pensée de faire l'amour dans cette voiture au milieu de la forêt me semble maintenant une profanation.

Je lui demande de reprendre la route, nous nous étourdissons de silence avant d'affronter la séparation. Nous traversons des décors insolites avec pour seul témoin une lune mouillée qui éclaire péniblement la campagne endormie. Les vingt-cinq kilomètres qui séparent Bayreuth de la pension Daünner paraissent ne mener nulle part.

La voiture roule comme un fantôme entre les pins, entre des pierres abandonnées. Il me semble voir le paysage passer par toutes les nuances du bleu, de ce bleu qui éclaire son regard quand il est ému, allant du bleu gris au mauve de la buée qui commence à se déposer sur les vitres. La nuit porte cette arrogance qui se joue de la mélancolie. Je contemple le temps porteur d'aucune promesse et me demande ce que fera Jean-Pierre... Après.

Il rentrera en France avant de rejoindre Londres qu'il aime tant décrire.

Je me vois partager ses images victoriennes où s'accrochera le poids dérisoire de nos souvenirs épars.

Je me songe avec lui dans les allées de Hyde Park avec ses pentes molles et ses prairies tondues, où nous évoquerons la douceur des collines et leurs églises pointues.

Je m'imagine admirer à la Tate Gallery les toiles de Turner, le plus romantique à mes yeux des peintres anglais dont *L'Apparition d'un ange* fait si bien chanter la lumière.

Je me rêve en Écosse à ses côtés au Festival d'Édimbourg qu'il considère comme une plate-forme pour l'épanouissement de l'esprit humain, où la musique mais aussi le théâtre et la danse sont représentés. Délivré de l'emprise de Wagner dont *l'Anneau* nous a enchaînés pendant huit jours, il reste à jamais pour moi l'homme qui s'appelle Jean-Pierre, ne gardant de Fasolt qu'un tendre surnom prononcé avec émotion en pensant à Bayreuth.

Je surprends ses yeux rivés sur le pare-brise à la recherche d'un signe qui lui permette d'arrêter la nuit, de retarder la naissance du jour et son lot de réalités. Cette semi-obscurité laisse affleurer les pensées les plus étranges. Je me demande si son désir n'est pas de me garder pour lui, de ne parler à personne, si ce n'est dans ses livres où je pourrai me reconnaître. Ne me dit-il pas que chaque roman pour lui est le fruit d'une rencontre et qu'à peine une nouvelle terminée il doit en écrire une autre, puis une troisième, une quatrième comme s'il craignait de laisser échapper l'essentiel ?

Avec la percée de l'aube, il prend un visage dépourvu de fard. De toutes les facettes que je lui connais – le mondain, le photographe, l'esthète ou l'homme enfant – je privilégie finalement celui du romancier qui vit à travers ses écrits.

Oui, j'aime sa tête habitée par des milliers de mots qu'il met en musique en attendant de les jeter sur une feuille arrachée à son cher bloc-notes. Je l'ai vu dans la voiture crayonner des billets qu'il glisse subrepticement dans une des poches de ma veste. Il me suffit d'aimer l'homme qui se révèle dans l'écriture et non l'écrivain qui occulte l'humain. Cherche-t-il à deviner mes pensées ? Quelle trace gardera-t-il de moi ? Resterai-je seulement, comme il me l'a répété, cette dame blonde qui le fait rêver, assise dans une voiture qui roule dans une direction incertaine ?

Le ciel se dégage, emportant avec la nuit son plafond d'illusions.

Le jour recommence, identique à lui-même et pourtant différent, avec son cortège d'oiseaux qui vont bientôt chanter. Jean-Pierre esquisse un sourire devant tant de vertiges et d'espoirs inassouvis.

Arrivé devant le portail du jardin où se trouve la pension Daünner, il respire ma peau dont je sais qu'il aime l'odeur âcre et musquée. Il caresse mes cheveux en me disant qu'ils ont pris avec l'approche de l'aube la transparence du ciel.

Il me serre une dernière fois la main qui commence à s'échapper en me répétant tout bas des mots que je peux à peine entendre.

La forêt a cessé de trembler.
Je descends de la voiture.

Le portail …
Il est fermé à clé.

C'est à ce moment-là que j'aperçois une alouette prendre son essor, annonçant l'incertitude d'un nouveau jour.

Livret documentaire

Dessin de Fasolt

Dessin de Fasolt

L'Or du Rhin

L'Or du Rhin conte la faute originelle.

Alberich renonce à l'amour pour voler l'Or gardé dans les profondeurs du fleuve par les Filles du Rhin. Il s'en forge un anneau qui le rendra maître du monde.

En même temps le dieu Wotan a ordonné aux géants Fasolt et Fafner de construire le Walhalla, symbole de sa puissance. Il leur promet en retour de leur offrir la déesse Freia dont les pommes d'or garantissent la jeunesse et l'immortalité.

Les géants sont prêts à renoncer à Freia en échange de l'Or que détient Alberich mais Loge, le dieu du Feu, aide Wotan à s'emparer de l'anneau. Alberich prononce alors une malédiction à l'égard des dieux : « L'anneau qu'en maudissant je réussis, qu'il soit maudit ! Si son or me donna le pouvoir, que son charme donne la mort à celui qui le porte ! »

Les deux géants réclament leur récompense : de mauvaise grâce Wotan jette l'Anneau sur le trésor, libérant ainsi Freia.

Les géants se battent pour sa possession et Fafner tue Fasolt.

Wotan reconnaît le pouvoir diabolique de la malédiction d'Alberich.

Les dieux montent au Walhalla tandis que les Filles du Rhin font entendre leur plainte depuis les profondeurs du fleuve.

La Walkyrie

Wotan n'a qu'un but : arracher l'anneau au géant Fafner et le rendre au Rhin.

Le héros capable d'accomplir son dessein naîtra des amours incestueuses de ses enfants Siegmund et Sieglinde.

Wotan demande à sa fille préférée la Walkyrie Brünnhilde de tuer Siegmund mais celle-ci, touchée par l'amour que Siegmund porte à Sieglinde, désobéit à son père qui se voit dans l'obligation de tuer lui-même son fils et de châtier sa fille qui a sauvé Sieglinde enceinte de Siegfried.

La punition que lui inflige Wotan est dure : bannie à jamais du Walhalla, Brünnhilde deviendra une femme comme les autres ; plongée dans le sommeil sur un rocher entouré de flammes, elle appartiendra à celui qui ne connaît pas la peur en étant capable de franchir le feu pour la délivrer.

Siegfried

Après la mort de sa mère Sieglinde, Siegfried a été élevé par Mime, le frère d'Alberich.
C'est par l'épée de Siegfried que l'Or sera restitué aux Filles du Rhin.
Siegfried parvient à forger l'épée « Notung ». Il s'élance dans la forêt et tue le géant Fafner qui détient l'Anneau mais sa main est recouverte du sang du monstre. Quand il la porte à ses lèvres, il comprend le langage de l'oiseau qui le met en garde contre Mime et lui révèle le pouvoir magique de l'anneau ainsi que le lieu où se trouve Brünnhilde endormie.
Après avoir tué Mime qui veut reprendre l'Anneau, Siegfried prend la route qui doit le conduire au rocher de la Walkyrie. Il rencontre un voyageur (Wotan) qui tente de l'arrêter mais « Notung » (l'épée qu'il a forgée) brise la lance du maître des dieux.
Héros qui ne connaît pas la peur, il franchit les flammes qui encerclent Brünnhilde, la réveille et ensemble ils découvrent l'amour.
Ils forment alors un couple rédempteur destiné à purifier le monde et à précipiter la chute des dieux.

Le Crépuscule des dieux

Avec la troisième et dernière Journée de l'Anneau des Nibelungen, le destin s'accomplit, abolissant le passé.

Au Prologue les trois Nornes tressent le câble du destin qui se rompt, symbolisant ainsi la fin d'une ère, celle des dieux.

Siegfried passe l'anneau au doigt de Brünnhilde puis part en quête de prouesses nouvelles.

Arrivé au palais des Gibechungen Siegfried boit un philtre qui lui ôte le souvenir de son amour pour Brünnhilde et le rend amoureux de Gutrune, la sœur de Gunther.

Pour obtenir Gutrune, il promet de donner Brünnhilde à Gunther.

Pendant ce temps Brünnhilde reçoit sur son rocher la visite de sa sœur Waltraute qui la supplie de lui rendre l'anneau, ce qu'elle refuse car il représente la preuve d'amour de Siegfried.

Siegfried retourne sur le rocher où est restée Brünnhilde, mais ayant revêtu le heaume magique, il ressemble à Gunther et Brünnhilde ne le reconnaît pas. À son grand désespoir il lui reprend l'Anneau.

Le deuxième acte doit célébrer le double mariage de Siegfried et Gutrune et de Gunther et Brünnhilde qui accuse Siegfried de trahison.

Dans la mise en scène de Chéreau, le troisième acte s'ouvre sur le même décor que celui du début de l'Or du Rhin, mais le barrage ne fonctionne plus. Arrive Hagen, le demi-frère de Gunther et fils d'Alberich qui donne un autre breuvage à Siegfried qui recouvre aussitôt la mémoire. Il se remémore son amour pour Brünnhilde. C'est à ce moment-là que la lance de Hagen lui transperce le dos.

Avec la marche funèbre qui ramène le corps de Siegfried au palais des Gibichungen, nous retrouvons le décor du deuxième acte du Crépuscule. Gutrune accuse Gunther d'avoir tué Siegfried mais le responsable n'est autre que Hagen qui tue alors Gunther pour s'emparer de l'anneau.

Brünnhilde s'avance vers le corps de Siegfried et entame une œuvre rédemptrice. Elle ordonne d'édifier un bûcher, reprend l'anneau du doigt de Siegfried et se jette dans les flammes.

Les Filles du Rhin reparaissent, elles exultent de joie d'avoir récupéré l'Or. On voit le portail du Walhalla s'embraser devant les témoins de la scène qui s'interrogeant sur le sens et les conséquences de ce jugement par le feu en se retournant vers les spectateurs,

D'après François-René Tranchefort (*L'Opéra de Tristan à nos jours*) et la traduction par Robert Jordan de Hans Schürmann incluse dans le coffret du *Ring* de Pierre Boulez et Patrice Chéreau.

DISTRIBUTION LA TÉTRALOGIE 1978 AU FESTIVAL DE BAYREUTH

(Les personnages en gras sont incarnés ou cités dans le roman)
20.08.1978

L'OR DU RHIN	*DAS RHEINGOLD*
Wotan	Donald Mcintyre
Donner	Martin Egel
Froh	Siegfried Jerusalem
Loge	Heinz Zednik
Fricka	Hanna Schwartz
Freia	Carmen Reppel
Erda	Ortrun Wenkel
Alberich	Zoltan Kelemen
Mime	Helmut Pampuch
Fasolt	Heikki Toivanen
Fafner	Matti Salminen
Woglinde	Norma Sharp
Wellgunde	Ilse Gramatzki
Floβhilde	Marga Schim

21.08.1978

DIE WALKÜRE	*LA WALKYRIE*
Siegmund	Peter Hoffmann
Hunding	Matti Salminen
Wotan	Donald Macïntyre
Sieglinde	Astrid Schirmer
Brünnhilde	Dame Gwyneth Jones
Fricka	Hanna Schwarz
Gerthilde	Carmen Reppel
Ortlinde	Maria de F. Cavazza
Waltraute	Gabriele Schnaut
Scwertleite	Gwendoline Kilebrew
Kilebrew Helmwige	Katie Clarke
Siegrune	Marga Schiml
Grimgerde	lse Gramatzki
Rossweisse	Elisabeth Glauser

23.08.1978

SIEGFRIED

Siegfried	René Kollo
Mime	Heinz Zednik
Le Voyageur	Donald Macïntyre
Alberich	Zoltan Kelemen
Fafner	Matti Salminen
Erda	Ortrun Wenkel
Brünnhilde	Dam Gwyneth Jones
La voix de l'oiseau	Norma Sharp
Woglinde	Norma Sharp
Wellgunde	Ilse Gramatzki
Floβhilde	Marga Schiml

25.08.1978

DAS GÖTTERDÄMMERUNG LE CRÉPUSCULE DES DIEUX

Siegfried   Manfred Jung
Gunther   Franz Mazura
Hagen   Fritz Hübner
Brünnhilde   Dame Gwyneth Jones
Gutrune   Carmen Reppel
Waltraute   Gwendoline Kilebrew
Norne 1   Ortrun Wenkel
Norne 2   Gabriele Schnaut
Norne 3   Katie Clarke

Direction   **Pierre Boulez**
Mise en scène   **Patrice Chéreau**
Décors   Richard Peduzzi
Costumes   Jacques Schmidt

Remerciements

J'ADRESSE MA PLUS VIVE GRATITUDE à mes amis compositeur, écrivains, Didier Denis, Marie Lebey, Diane de Margerie, Anne-Sophie Monglon, Xavier Nouvel, pour leurs conseils et soutiens, ainsi qu'à mon ami d'enfance, le photographe Jean-Daniel Lorieux, qui m'a offert la photo de la quatrième de couverture, sans oublier mes amies de toujours Elvire et Nadou.

TABLE

Préface 7

Prélude I 13
Prélude II 23
Lento misterioso 33
Larghetto 41
Quasi allegretto 57
Prestissimo ma non troppo 83
Largo con moto 99
Grave poco a poco 109

Livret documentaire 127
   L'Or du Rhin 131
   La Walkyrie 132
   Siegfried 133
   Le Crépuscule des dieux 134

Distribution la Tétralogie 1978 au Festival de Bayreuth 137
Remerciements 141

Structures éditoriales du groupe L'Harmattan

L'Harmattan Italie
Via degli Artisti, 15
10124 Torino
harmattan.italia@gmail.com

L'Harmattan Hongrie
Kossuth l. u. 14-16.
1053 Budapest
harmattan@harmattan.hu

L'Harmattan Sénégal
10 VDN en face Mermoz
BP 45034 Dakar-Fann
senharmattan@gmail.com

L'Harmattan Cameroun
TSINGA/FECAFOOT
BP 11486 Yaoundé
inkoukam@gmail.com

L'Harmattan Burkina Faso
Achille Somé – tengnule@hotmail.fr

L'Harmattan Guinée
Almamya, rue KA 028 OKB Agency
BP 3470 Conakry
harmattanguinee@yahoo.fr

L'Harmattan RDC
185, avenue Nyangwe
Commune de Lingwala – Kinshasa
matangilamusadila@yahoo.fr

L'Harmattan Congo
67, boulevard Denis-Sassou-N'Guesso
BP 2874 Brazzaville
harmattan.congo@yahoo.fr

L'Harmattan Mali
Sirakoro-Meguetana V31
Bamako
syllaka@yahoo.fr

L'Harmattan Togo
Djidjole – Lomé
Maison Amela
face EPP BATOME
ddamela@aol.com

L'Harmattan Côte d'Ivoire
Résidence Karl – Cité des Arts
Abidjan-Cocody
03 BP 1588 Abidjan
espace_harmattan.ci@hotmail.fr

L'Harmattan Algérie
22, rue Moulay-Mohamed
31000 Oran
info2@harmattan-algerie.com

L'Harmattan Maroc
5, rue Ferrane-Kouicha, Talaâ-Elkbira
Chrableyine, Fès-Médine
30000 Fès
harmattan.maroc@gmail.com

Nos librairies en France

Librairie internationale
16, rue des Écoles – 75005 Paris
librairie.internationale@harmattan.fr
01 40 46 79 11
www.librairieharmattan.com

Librairie l'Espace Harmattan
21 bis, rue des Écoles – 75005 Paris
librairie.espace@harmattan.fr
01 43 29 49 42

Lib. sciences humaines & histoire
21, rue des Écoles – 75005 Paris
librairie.sh@harmattan.fr
01 46 34 13 71
www.librairieharmattansh.com

Lib. Méditerranée & Moyen-Orient
7, rue des Carmes – 75005 Paris
librairie.mediterranee@harmattan.fr
01 43 29 71 15

Librairie Le Lucernaire
53, rue Notre-Dame-des-Champs – 75006 Paris
librairie@lucernaire.fr
01 42 22 67 13